Ruhe sanft
Jäger-Pappi

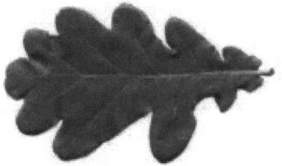

Ute Fischer
Bernhard Siegmund

Als liebe Erinnerung
für Gitti Peters

Ein Buch aus dem
Redaktionsbüro Fischer + Siegmund
In den Rödern 13
64354 Reinheim

Fotos: privat

ISBN: 978-3-7460-9884-5

© 2018 Ute Fischer + Bernhard Siegmund
Herstellung und Verlag:
BoD - Books on Demand, Norderstedt

Einleitung

Überhaupt nicht lustig war der Anlass für diese 35 Geschichten von Filou und Heidjer. Sie entstanden aus der Hilflosigkeit, damit umgehen zu müssen, dass unser Nachbar und Freund Steffen schwer erkrankt und sein früher Tod nicht mehr abwendbar war. Wir werden nie erfahren, ob es für ihn wohltuender gewesen wäre, ihn täglich zu besuchen. Trotz Berufstätigkeit wäre das alles möglich gewesen. Aber wir waren nicht gewohnt, mit einem Sterbenden umzugehen, ohne seine Verzweiflung zu schüren, ohne sich an unserem Wohlergehen zu messen. Wir fühlten uns unfähig für einen Dialog. Weil Steffen auch immer wieder Zeiten im Krankenhaus verbringen musste, erfanden wir für ihn Geschichten um seine beiden Dackel, die er heiß und innig liebte und vermisste. Täglich eine. Wirklich täglich. Wir waren wie vom Wahn besessen, dass er so lange leben würde, wie er unsere Dackelgeschichten erhielt. Wir mussten sie ja nur über die Straße tragen. Die tägliche Geschichte war uns eine Pflicht, die alles andere hintan stellte. Die Ideen stammen aus dem täglichen Leben und beziehen viele Namen und Ereignisse aus der gesamten Nachbarschaft ein. Nur einmal fehlte uns eine Idee; aber auch das wurde eine Story. Und, wie wir später von seiner Frau erfuhren, wartete er wirklich jeden Nachmittag darauf, um sich die neusten Abenteuer von Filou und Heidjer vorlesen zu lassen. Das alles ist lange her. Steffen starb 2001, wenige Tage vor One-Eleven. Die letzte Geschichte hat er nicht mehr erlebt. Wir schrieben sie nach seinem Tod und steckten sie in sein Urnengrab.

Heidjer und Filou - allein zu Haus

Der Nachmittag war lang und langweilig. Die Sonne malte Kringel auf den Boden. Eine dicke Fliege brummte wie ein Hubschrauber um den Hundekorb. Ihr Bauch dick und rund voller Eier. Für die suchte sie ein sicheres warmes Plätzchen, wo ihre Babys in aller Ruhe ausschlüpfen konnten. Sie landete mal hier und mal da, erhielt von Filou, dem Dackeljungen, eine gewischt, weil sie auf seiner Nase landen wollte. "Verzeihung" knirschte sie und probierte einen neuen Platz mit viel weichem Kuschelpelz.

"Heidjer", flüsterte Filou seinem Dackel-Stiefbruder zu, "Heidjer, pass auf, die dicke Fliege versucht ein Nest auf Deinem Ohr zu bauen!" Da war Heidjer auf einen Schlag hellwach. Er schüttelte den Kopf hin und her und kratzte sich mit beiden Vorderpfoten die Ohren. "Bleah - isse wech?" fragte er angewidert und rubbelte noch immer an seinen Ohren. Und Filou fiel klatsch-um vor Lachen, "hihi Du siehst aus, als ob Du Dir selber Ohrfeigen gibst!" Heidjer war enttäuscht über die Schadenfreude seines - wie er immer meinte - besten Freundes und trollte sich in die Küche unter den Tisch. Dort weinte er erst ein Tränchen und schlief darüber ein.

Er träumte schlecht. Er träumte vom Zahnarzt und dass der ihm alle seine Zähnchen heraus gezogen hat. Nie wieder würde er lachen können wie andere Dackel. Nachbars Pudel Tina hatte auch schon spitze Bemerkungen abgeschossen. Winni von der anderen Seite hatte gar "zahnloser Dackel-Opa" zu ihm gebellt. Er fand das ja soo gemein, soo gemein. "He Heidjer, Du alte Schlafmütze" stupste ihn Filou munter, "Du verpennst noch den ganzen Nachmittag und in der Nacht kannst Du nicht schlafen!".

Heidjer rieb sich die Augen, die noch ganz feucht von seinem traurigen Traum waren. "Was flennst Du denn", fragte Filou und setzte sich neben ihn, "nur weil ich vorhin wegen der Fliege so gelacht habe?" "Ooch nö", nuschelte Heidjer mit dem zahnlosen Gaumen, "isch bin schoo traurig, dass isch koine Zähnsche mehr hob". "Na mir könnte das ja Recht sein", kicherte Filou, "wo Du mir immer an den Ohren herum gekaut hast, als wäre ich ein Stück Leberkäs". Dann besann er sich aber, legte seine Pfote auf die Pfote von Heidjer und sah ihm tief in die Augen. "Du tust mir wirklich leid Heidjer", das mit den Zähnen können wir ja nicht ändern, oder willst Du tatsächlich ein Gebiss tragen? Tu's nicht, bell ich Dir. Ich kenne das von Lehmanns Timmi; der hat das Gebiss dauernd verloren und in seiner Zerstreutheit dann sogar vergraben und nicht wiedergefunden". Noch einmal seufzte Heidjer auf: "Oober esch isch schoo langweilig ohne Schzähne, isch konn Dir gor nischt mehr an die Ohrsche kaue!" Filou schluckte laut hörbar, kratze sich noch mal schnell am Ohr und hielt es Heidjer hin. "Also gut, wenn es Dir so viel bedeutet, dann darfst Du ab heute daran lutschen!"

Heidjer - vorrübergehend verschollen

Es war ein kühler Julinachmittag. Regenschwere Wolken verdunkelten die Sonne und wilde Böen rüttelten an den Daturas, dass die aufblühenden Trompetenblüten wie Glocken hin und her geschüttelt wurden. Interessiert drückte Heidjer sein Näschen an die Scheibe und wartete darauf, dass diese Glocken läuten würden. Hin und her schwenkte er seinen Kopf und warf die Ohren nach oben. Aber alles, was er zu hören bekam, war das Kichern von Filou: "Du bist doch wirklich ein kleiner Dummi", pöbelte dieser, zuckte resigniert mit dem Schwanz, pupste zwei Mal langgezogen in Heidjers Richtung und rückte sich sein Kissen zum Schlafen zurecht.

"Schelber Dummi", maulte Heidjer mit seinem zahnlosen Mäulchen und machte sich auch auf die Suche nach einem netten Schlafplätzchen. "Hund auf Sofa, gibt's nicht", hatte Heidjer noch im Gedächtnis. Aber ausgerechnet dort lag die kuscheligste Decke, die so fein nach Herrchen duftete. "Isch bün ein Dackel und konn nüscht hören", sagte sich Heidjer. Und hopps saß er auf dem Sofa und guckte um sich herum. "Spinnst Du", wuffte Filou aus seiner Kissenecke, "Du weißt doch, dass wir das nicht dürfen. Lass Dich bloß nicht erwischen!" "Isch höre nüscht, isch bün ein Dackel", spulte Heidjer weiter seinen Satz herunter, schuppte die Decke in vielen Falten zu einem großen Haufen und robbte dann darunter, dass nichts von ihm zu sehen war. In der warmen Deckenhöhle fielen ihm sogleich die Äuglein zu und er versank in tiefen Schlaf.

Ihm träumte, dass er auf der Pirsch war und einem rosa Kaninchen hinterher rannte. Das schlug Haken und Purzelbäume, um Heidjer zu entkommen. Doch der jagte ihm im wilden

6

Dackelgalopp hinterher: Er kratzte die Kurven und setzte zum Sprung an. Da verschwand das Kaninchen in seinem Bau mit einem unterirdischen Röhrenlabyrinth. Und Heidjer buddelte sich furchtlos hinterher. Immer den Kaninchenduft in der Nase, wurstelte er sich durch die engen Gänge. Aber kaum hatte er die nächste Kurve erreicht, winkte ihm das rosa Hasenpüschelchen noch zu und verschwand um die Ecke.

Immer enger wurde der Kaninchenbau. Heidjer konnte kaum noch die Beinchen bewegen. Und immer dichter streifte sein Kopf den Höhlengang, bis er schließlich stecken blieb. Er schnappte nach Luft. Aber da war kaum noch welche. Und auch die Vorderpfoten steckten fest. Ihm war, als ob er sich wie ein Korkenzieher in die Erde geschraubt hätte. Aber es gab auch kein Zurück, fühlte er. Und Panik kam in ihm auf in dieser Dunkelheit, die kein Echo seines Jammerns zurück warf.

"Ja wo ist denn unser Heidjer", hörte er da plötzlich die Stimme vom Jäger-Pappi und begriff, dass er alles nur geträumt hatte. Aber - ohjeh - er lag noch immer in der Kuscheldecke auf dem Sofa, total eingewickelt und festgestrampelt, dass er sich nicht bewegen konnte. Laut schlug sein Herzchen und er überlegte, was zu tun sei. "Wann isch liesche bleiw, find

7

misch kaaner un isch krabbel aus de Deck, wann kaaner da üsch", überlegte er und hielt die Luft an, damit die Deckenburg ganz ruhig liegen blieb. Ihm war entsetzlich warm und er hörte, wie Filou aufgeregt bellte. "Ja wo ist denn unser Heidjer", hörte er wieder die Stimme des Herrchens.

Dann spürte er eine Erschütterung. Filou war auf das Sofa gesprungen und rupfte mit Schnauze und Pfoten das Deckenversteck auseinander. "Petzsche" zischte Heidjer und setzte prophylaktisch seinen schuldbewusstesten Dackelblick auf. Aber im Grunde seines Herzens war er heilfroh, dass er dem Traum und dem Kaninchenbau entronnen war und wieder ins helle Licht gucken konnte. Alle Angst fiel von ihm ab. Tief schnappte er nach Luft und ließ sich mit gestreckten Hinterbeinen vom Sofa gleiten, so als wäre überhaupt nichts passiert. "Scheinheili" maulte ihm Filou zu. Und Heidjer zwinkerte: "Du mich auch."

Filou und Heidjer und die geheimnisvolle Botschaft

"Fillufillu" japste Heidjer um die Ecke ins Wohnzimmer und sprang auf seinen Stiefbruder, "drauschenen vor der Tür hat esch Plopp gemakt, gaanz laut Plopp. Ei wasch isch dann dasch?" "Latsch mir doch nicht immer auf die Ohren", grollte Filou verhalten zurück und "pass doch endlich mal auf, wo Du immer hintrittst. Ich bin doch kein Schuhabstreifer!" "A..aber wann esch toch Plopp gemakt hat...", flüsterte Heidjer mit furchtvollem Blick, "...gaanz laut Plopp". "Na, da wollen wir mal sehen, was Du wieder gehört hast", bequemte sich Filou und trottete zur Haustür; "wahrscheinlich hat ein Spinne gehustet oder Du hast selber einen Pups gelassen!". "Ach Du bischt ja soo gemein", lamentierte Heidjer.

Aber die Angst ließ ihn dicht hinter Filou bleiben. Da saßen die beiden Dackeljungen vor der Haustür und linsten durch die Butzenscheiben. "Plopp" machte es und gleich wieder "Plopp-Plopp". Und dann "Plopp-Plopp-Plopp" und dann "Plopp" und dann "Plopp-Plopp". "Siescht Du", flüsterte Heidjer, "esch makt dauernd Plopp. Isch hob Angscht vor die Plopp" und drückte sich ganz dicht an Filou.

Filou kratzte sich am Ohr. So ein Geräusch hatte er auch noch nicht gehört. Die Plopps kamen so unregelmäßig wie Morsezeichen mit Pausen, aber keine kurzen und langen Plopps, sondern nur kurze Plopps, einzeln, zwei, drei, mal ganz viele. Dann war wieder eine Pause. "Dengel-dengel-dengel" mischte sich nun ein laut schepperndes Geräusch dazu, "Dengel-

dengel-dengel-dengel". Vögel kreischten. Danach war mit den Plopps eine Weile Ruhe.

Heidjer atmete ganz leise vor Aufregung. "Auscherirdische" stammelte er plötzlich, "schie wollen unsch holen und Bratwurscht aus unsch maken", keuchte er aufgeregt. "Du spinnst" erwiderte ihm Filou überlegen. Aber sicher war er sich auch nicht, ob diese Geräusche harmlos waren. Auf alle Fälle blieben die beiden an der Haustüre sitzen, um die Angelegenheit in Auge und Ohr zu behalten. "Bald kommtsch Frauerle" unterbracht Heidjer das Schweigen, "mein Bauch schteht schon auf halb Zschwei!". "Dein Bauch geht vor, wie immer" mümmelte Filou, „es ist maximal zwölf". Plopp. "Huch", erzitterte Heidjer und hielt sich die Pfoten vor die Augen. "Plopp-Plopp. Plopp. Plopp-Plopp-Plopp. Dengel-dengel- dengel!" Vogelsgeschrei. Ruhe.

Die beiden sahen sich an. "Das klingt wirklich wie eine geheime Botschaft", stimmte nun Filou seinem Stiefbruder zu. "Lass uns im Wohnzimmer verstecken, damit sie uns nicht finden!" Heidjer flüchtete sich unter ein Sofakissen. Filou robbte hinter die Couch. Ja, hier war wirklich nichts mehr zu hören. "Wir spielen unsichtbar", raunte Filou Heidjer zu. "Pass auf, dass Du nicht einschläfst. Du schnarchst immer so und könntest uns verraten! Pssst".

Und auch Heidjer machte "Pschscht!"

Eine Stunde später, endlich, kam Gitti-Frauerle nach Hause. Sie erkannten ihren Schritt schon an der Garage und wussten, dass sie nun gerettet sind. Trotzdem rasten sie dieses Mal nicht vor die Türe, sondern blieben brav und ohne zu Bellen im Korridor sitzen, als sich die Türe öffnete. "Na, was ist denn mit Euch los", wurden sie gefragt, "so still und kein Ton? Ihr werdet doch nicht krank sein!" Draußen machte es wieder "Plopp". Und gleich wieder "Plopp-Plopp-Plopp" und dann "Dengel-dengel-dengel". "Na Angelika", rief Gitti-Frauerle über die Straße, "lass den Staren doch auch ein paar Kirschen. Du kannst sie ja doch nicht alle ernten!" Nun aber rasten Heidjer und Filou auf die Straße und hinüber zu den Flath-Nachbarn. Da stand Angelika vor der Tür und schlug mit einem Kochlöffel auf einen Topfdeckel: "Dengel-dengel-dengel". Die Vögel kreischten und flogen erschreckt davon.

Heidjer schubste Filou an. "Dasch mit den Kirschen kenne wir dosch. Aber scholche Geräusche gabsch dosch nosch nie?" Filou ging ein Licht auf, als er vor Flaths Haus stand und schaute. "Ja, letztes Jahr hatten die ja auch noch nicht den Holzschuppen. Und wenn die Kirschen jetzt auf das Dach vom Schuppen fallen, macht es immer Plopp," kicherte er dann. Aber mach Dir nix draus: Ich bin auch drauf reinge- fallen!"

Filou und Heidjer und die Sache mit den Tomaten

Die Sonne brannte heiß auf der Terrasse. Die Menschen verbarrikadierten sich hinter herun- ter gelassenen Jalousien. Die Tomaten rollten ihre Blätter ein. Und auch Filou und Heidjer hatten sich ein schattiges Plätzchen gesucht: Sie lagen träge hinter der Sonnenliege von ihrem Jäger-Pappi, der ein bisschen vor sich hin schnarchelte.

"Was ruckelst und zuckelst Du denn so", fragte Filou seinen Stiefbruder. "Du tust ja gerad, als hättest Du Flöhe am Hintern!" Heidjer seufzte ein wenig: "Ooch, isch waas aach net, mir isch scho kuschelisch und kribbelisch und kitzelisch schumut, un mei Herzsche bumbert, horsch bloß emoll!" Filou zwinkerte ihn an: "Ich weiß schon, was Dir fehlt: Du hast Dich verknallt. In die dicke rollige Dolly."

"Hat nüscht geknallt", versicherte Heidjer ernsthaft, "hat wirklich überhaupt nüscht ge- knallt!" Filou kicherte vor sich hin: "Der Dös- baddel hat null Ahnung wie die Liebe funktioniert! Wahrscheinlich weiß Du nicht einmal, wo die kleinen Dackel herkommen!" "Do-do-doch", stotterte Heidjer, "die kommen ausch der...der...nascha...halt wo wir ausch herkommen. Isch weisch dasch allesch. Du weischt es nüscht." Filou rappelte sich hoch, besann sich auf seine Älterer-Bruder-Pflichten und bedeutete Heidjer, ihm leise zu folgen, damit der Jäger-Pappi nicht munter wurde.

Heidjer folgte Filou zum Gemüsegarten, wo sich viele Bienchen in den Tomatenblüten tummelten. "Guck mal", erhob Filou eine Pfote, "mit der Liebe ist das so wie mit den Bienchen. Sitzen sie auf einer Blüte, dann bleibt Blütenstaub an ihrem Hinterpelzchen hängen. Und wenn sie dann zur nächsten Blüte fliegen, vereinigen sich Blütenstaub und Blütenstengel, und dann wächst eine kleine Tomate. Soweit alles klar?" Heidjer hatte rein nix verstanden und nickte heftig mit dem Kopf "allesch klaar...un wenn Gitti-Frauerle die Tomaten giescht, dann werden kleine Dackel darausch."

Filou schmiss es um vor Lachen. Japsend wälzte er sich im Gras und trommelte mit den Vorderpfoten in die Luft: "Ich glaub es nicht, ich glaub es nicht...!" Heidjer beobachtete ihn bedäppert und verstand nichts. "Was glaubst Du eigentlich", grinste Filou, "wozu Du Deinen Piepmatz zwischen den Beinen hast?" Das wusste Heidjer: "na schum Pipi maken ja, damit mak isch fein Pipi!" "Bist Du eigentlich so dumm oder tust Du nur", resignierte Filou nun: "Begreifst Du nicht - Du bist der Stängel und Dolly hat eine Blüte!"

"Hooch" staunte Heidjer mit offenem Mäulchen, er schloss die Augen und stöhnte leise "hooch, ooch, ach schooo". Dann drehte er sich rum, rief noch „dasch musch isch schofort auschprobieren" und rannte davon. Zehn Minuten später kam er etwas zerzaust um die Hausecke gefetzt und hechelte, dass er sich bald auf die Zunge getreten wäre. "Toll" keuchte er und irgendwie eierten seine Hinterpfoten. Er schmiss sich neben Filou ins Gras, robbte ein bisschen über den Boden, weil es ihn am Bauch juckte und stöhnte ein bisschen.

Filou beäugte seinen kleinen Bruder argwöhnisch. "Jetzt sag bloß nicht, dass Du auf der Dolly gerubbelt hast!" Heidjer zwinkerte ihm nur mit einem Auge zu. "Angeber" blaffte Filou, "Dolly ist ja viel zu hoch für Dich kleinen Affen!" "Oober, dofier bin isch kluusch, scheer kluusch", konterte Heidjer, leckte sich vielbellend über die Nase. "Trotzdem ist die Dolly zu hoch für Dich", beharrte Filou, "unmöglich ihr zwei". Heidjer kringelte sich vor Vergnügen und hauchte "weischt, isch hob misch einfasch auf d'Trepp geschtellt, hi- hi...oober, oober jescht weisch isch nüscht...dös muscht mir nosch mal erklörn...krischt die Dolly jetscht kleine Dackel oder Tomaten?"

Filou und Heidjer und die Kunst der Manipulation

"Heute müssen wir mal wieder trainieren", hatten sich Filou und Heidjer nach dem Morgengassi verabredet, "damit uns der Vormittag", meinte Filou, "nicht wieder so rammdösig verflutscht." Als die Türe hinter Gitti-Frauerle ins Schloss fiel, trabten die beiden Dackeljungen ins Wohnzimmer. Filou dehnte erst das linke Hinterbeinchen, dann das rechte. Dann setzte er sich auf sein Hinterteil und spielte Radfahren mit den Vorderpfoten. Heidjer schaute ihm interessiert zu und fragte: "Und woschu scholl dasch gutt schein?" Filou, völlig aus der Konzentration gerissen, schüttelte sein Fell aus und schlaumeierte: "Bevor man außergewöhnliche Bewegungen macht, müssen alle Muskeln warm sein. Das habe ich im Fernsehen gesehen!" Heidjer zog eine Schnute und nuschelte: "Oober isch bün gons woarm, wirklisch!"

"Also gut", sagte Filou, "dann zeig mal, ob Du noch rollen kannst!" Und Heidjer schmiss sich auf den Rücken und reckte seinen knubbeligen Popo nach Rechts und nach Links und nach Rechts und nach Links. "Schau emoll, wie isch rolle dun kann", hechelte Heidjer zwischen jedem neuen Seitenwechsel. "Kannst Du auch noch auf den Hinterbeinen stehen", fragte Filou und tänzelte mit in die Luft tretenden Vorderbeinen auf Heidjer zu. "Ei freilisch", wuffte Heidjer, schwang sich ebenfalls hoch und eierte auf zwei Beinen zum Sessel: "das brausch isch dosch immer, wennsch Herrsche hoimkommt. Guck emoll!"

"Gut, gut", lobte ihn Filou, "dann kommen wir zu den Feinheiten. Wie entschuldigt sich der Hund?" Heidjer überlegte angestrengt: "Äh, dösch isch wasch mit Bellen, oober isch weisch niet, oob een oder schwee mool? Schulmeisterlich hob Filou die Pfote: "Ein Mal Bellen heißt Hallo, zwei Mal heißt Bitte-Bitte. Aber bei Entschuldigung musst Du Dich platt auf den Boden legen und die rechte Pfote aufs rechte Auge halten. Mach mal!"

Heidjer ging Beinchen für Beinchen in die Horizontale und drückte sich aber die linke Pfote aufs linke Auge. "Isches scho rischtisch?" keuchte er? Filou kicherte: "Gaanz falsch. Links auf Links bedeutet, dass Du spielen willst. Du verwechselst noch immer Rechts mit Links". Heidjer seufzte: "Oober Du weischt doch, dass isch Linkspfoter bin" und tappte aber folgsam mit der rechten Pfote aufs rechte Auge. "Rischtisch?" blinzelte er Filou noch einmal an.

Und der sagte "Okay."

"Schnell mal ne Lockerungsrunde", heizte Filou nun Heidjer an und sie sausten im engen Kreis um den Wohnzimmertisch, sprangen aufs Sofa und hinüber zum Sessel und wieder um den Wohnzimmertisch, wo Filou an der Yucca-Palme jäh abbremste und Heidjer auf ihn drauf knallte. "Autsch" jammerte der Kleine, "jescht hob isch mei Pfotsche geschtoße", und er begann sich die schmerzende Stelle zu lecken. "Gute Idee" warf Filou zum Erstaunen Heidjers ein, "dann üben wir jetzt Humpeln." Filou zog das linke Hinterbeinchen an den Bauch und humpelte auf drei Beinen um den Wohnzimmertisch. "Guck mal, mit Rechts", rief er Heidjer zu und zog nun das rechte Hinterbeinchen an und humpelte zum Sofa und zurück. "Woschu brauscht man dasch", fragte Heidjer ungläubig. Filou: "Wenn Du mal nicht spazieren gehen magst oder wenn der Weg elendig weit wird...wenn Du dann humpelst, wirst Du getragen!"

Heidjer versuchte vorsichtig mit angezogenem linken Hinterbeinchen zu gehen und fiel prompt auf die Nase. "Autsch" entfuhr es ihm und nochmals "Autsch" beim zweiten Versuch. Beim dritten wackelte er wie ein angeschossener Dackel durch das Wohnzimmer und vor

Anstrengung biss er sich fast auf die Zunge. "Ja richtig", ereiferte sich Filou, "jetzt hast Du auch schon den Biafra-Blick drauf." Heidjer fiel vor Schreck um. Er rappelte sich aber schnell auf und fragte "hä...wasch fier einen Blick?" Altklug spitzte Filou sein Mäulchen und flüsterte: "Mit diesem Blick kannst Du alles erreichen bei den Menschen. Du siehst damit aus wie sechs Wochen Prügel und nix zu Fressen!"

Heidjer versuchte den gleichen Blick noch mal, aber er wollte ihm nicht gelingen. "Du musst Dir das mit den Prügeln richtig vorstellen", ermunterte ihn Filou zu einer weiteren Grimasse. Heidjer kniff ein Auge zu, ließ die Zunge aus dem Maul hängen, bis ihm der Speichel herunter tropfte und dann kam er auch noch auf die Idee und ließ sich wie ein toter Hund umfallen. "Wetten, dass Du so keine fünf Minuten aushältst", kicherte Filou und sprang um seinen Stiefbruder herum. Aber Filou bewegte sich keinen Millimeter und atmete starren Blicks ganz flach, damit sich kein Härchen an ihm bewegte.

Vor lauter Konzentration hatten beide nicht die Haustüre gehört. "Wo sind denn meine Jungs" rief Gitti-Frauerle. Und Filou raunte zu Heidjer: "Wetten, dass Du es nicht schaffst?" Erschreckt kniete Gitti neben Heidjer, "Was ist denn los mit Dir mein kleiner Schatz" und massierte seine Beinchen, seinen Rücken und sein Schnäuzchen, und Heidjer konnte nicht umhin, das Experiment vorzeitig abzubrechen. Später beim Gassigehen feixte Filou natürlich von wegen keine Ausdauer, keine Disziplin und was von "Wette verloren". "Nischt gaans" verteidigte sich Heidjer, "guck emoll, wie schee isch humpeln tu, und gleich werd isch gedrasche un du muscht laafe!"

Filou und Heidjer und die dicke Frau Kabbelschuh

"Walli ist aus dem Urlaub zurück", säuselte Filou schon den ganzen Vormittag. Er mochte das kleine mollige Pudelmädchen gar zu gern. Ihre Champagner-farbenen Löckchen dufteten zu gut. Und ihr Puschelschwänzchen trug sie sehr kokett wie ein wippendes Stempelchen. "Schischi kommt -erscht in einer Woosche", maulte Heidjer traurig, "schie isch in schoo einer Hundepenschion mit vielen anderen. Oob schie misch ieberhaupt nosch kennen tut?" Filou kratze sich hinter den Ohren und überlegte: "Na in der Haupturlaubszeit ist dort natürlich viel los, erzählte mir mal ein Pinscher; jede Menge Spielkameraden und täglich neue Romanzen!" "Ooch Du bischt ja schoo gemein", flennte der kleine Dackeljunge, schluckte ein wenig und sagte dann mit ganz fester Stimme:

"meine Schischi nischt."

Filou konnte das Mittags-Gassi natürlich kaum erwarten. Mit hochgerichteter Rute zog er sein Gitti-Frauerle und den an ihn festgebundenen Heidjer zum Glascontainer. Und da wartete schon Frau Kabbelschuh mit der freudig fiepsenden Walli. "Na, war der Urlaub schön" eröffnete das Gitti-Frauerle das Gespräch und Frau Kabbelschuh begann zu erzählen wie ein Plattenspieler: von schönem Wetter, tollem Hotel und herrlicher Landschaft. "Glaub ihr kein Wort", raunte Walli, der Urlaub war total verregnet, das Hotel eine miese Spelunke und wir sind kaum gelaufen. Schau bloß, wie fett ich geworden bin. Ich habe gar keine Kondition mehr!"

Es fiel Filou schwer, die richtigen Worte zu finden, denn Walli hatte wirklich einen dicken Arsch und eine richtige Wampe bekommen. Heidjer hielt sich zurück. "Ooch, das kriegst Du doch wieder runter", schubbste Filou Walli liebevoll an und fügte diplomatisch hinzu: "Von Dir kann ich sowieso nie genug haben!" Dafür ernte er von Walli einen allerliebsten Augenaufschlag. Mehr war leider nicht drin, so unter zehn Augen.

Frau Kabbelschuh schwitzte mächtig, als sie den Berg nach Ober-Ramstadt hochgingen.

"Ach, ich weiß auch nicht, wovon ich so dick bin, bei dem bisschen Essen, an dem ich herumnippe! "Oh wie sie lügt", zischelte Walli zu Filou,"den ganzen Tag futtert sie Pralinen und Kekse, und dann wieder Würstchen und Käsewürfel. Und mir hält sie die Dinger auch ständig unter die Nase. Wer kann da schon widerstehen!"

Als sie sich verabschiedeten, blickte Filou noch wehmütig hinter Walli her und dann hoch zu seinem Gitti-Frauerle. Heidjer hörte seine Frage: "Gehen wir morgen wieder mit Walli und Frau Kabbelschuh?" Heidjer kicherte, weil sich Filou völlig versprochen hatte: Statt Kabbelschuh war ihm "Schwabbelkuh" entfleucht. Darüber mussten sie beide lachen. Und Gitti-Frauerle wunderte sich sehr, warum ihre beiden Dackeljungen, die ja eigentlich müde vom Gassigehen sein mussten, neben ihr herum hopsten wie zwei Aufziehpuppen. Sie sangen nämlich in ihrer für Menschen unhörbaren Hundesprache: "Kabbelschuh - Schwabbelkuh - Kabbelschuh - Schwabbelkuh" und konnten sich gar nicht mehr beruhigen.

Zuhause saß der Jäger-Pappi auf dem Sofa und las in der Dackelzeitung. Heidjer sprang zu ihm und holte sich seine Streicheleinheiten. Während er kräftig durchgekrault wurde, erzählte Gitti-Frauerle von Frau Kabbelschuh.

21

"Schwabbelkuh, Schwabbelkuh" flüsterte Heidjer seinem Herrchen ins Ohr, "schie schiet ausch wie eine -Schwabbelkuh". "Ja, sie ist ziemlich rund gewordenen", erzählte das Gitti-Frauerle und machte mit beiden Händen so eine runde Andeutung über ihr Hinterteil. Und dann passierte etwas, was Filou und Heidjer die Sprache verschlug: Der Jäger-Pappi sagte: "Dann sieht sie ja aus wie eine Schwabbelkuh!" Filou wurde ganz ernst und feierlich: "Ich wusste es immer: Er versteht uns!"

Filou und Heidjer reisen nach Holland

Im Hause Peters herrschte schon seit Tagen Unruhe. Koffer, Taschen, Angelgerät und Kisten und Körbe mit Küchenutensilien und Wäsche standen im Flur herum. Und weil sich die Anordnung täglich änderte und Filou wie auch Heidjer schon gegen mehrere Hindernisse gerummst waren, verkniffen sich die beiden Dackeljungen vorrübergehend jedwede Hatz,- Scheuch- und Slalomspiele. Stattdessen hatten sie ein neues Höhlenversteck gefunden, ein offener Seesack, der euphorisch nach Meer duftete.

"Ich glaub' wir fahren nach Holland ans Meer", sinnierte Filou laut. "Immer wenn dieser Seesack herumliegt, fahren wir ans Meer!" Heidjer blickte ihn mit staunenden Äuglein an: "Uuuiiii" nuschelte er lang gezogen „...ansch Meer? Isch dasch viel mehr als Berge?" „Ach Du Dummerle" stupste ihn Filou in die Seite, "richtig, Du warst ja noch nie am Meer. Nein, da sind keine Berge. Da ist viel, viel Wasser." Heidjer hoppste auf die Beine: "Au fein, da können wir die gansche Taach planschen". "Nö-nö", schüttelte Filou den Kopf, dass ihm die Ohren um den Kopf flogen: "Ich versteh das auch nicht: Das Meer geht weg und kommt irgendwann wieder. Und wenn Du planschen willst, ist es gerade mal da oder nicht mehr da!" Heidjer schluckte vor Aufregung: "Oober, oober, heischt esch nun Meer, wann esch do ischt, ooder wann esch nischt mehr do ischt?!

Filou winkte mit der Pfote ab: "Ist doch egal; Hauptsache wir können ohne Leine über den Strand sausen und uns im Sand wälzen. Und Mädels gibts da jede Menge!" Ein geiler Gesichtszug huschte über Heidjers Gesichtchen: "...auch Kätschen?" Filou überlegte: "Ja mit den Katzen ist das so eine Sache; holländische Katzen miauen natürlich holländisch. Das klingt so ähnlich, wie Müllers Timmi, der ja auch jault wie eine getretene Katze und nie gelernt hat, richtig zu bellen. Da musst du höllisch aufpassen."

24

"Heidjer winkte ab: "Aaach, dasch erkenne isch dosch am Geruusch!" Filou schluckte sein hochgekommenes Fressen wieder herunter: "Also, also in Sachen Nase bist Du in Holland total in den Arsch gekniffen: Überall liegen Fischschwänze herum. Die werfen die einfach weg, diese Holländer. Und die riechen wie rot-blonde Katzen!" Heidjer guckte ganz entsetzt.: "...die Holländer?" "Nein-nein" winkte Fiiou ab, "natürlich die Fischschwänze; die lenken total ab. Du denkst, Du bist hinter einem schnuckeligen Mädel her, und dann ....Fisch-schwanz..bläh.!"

Heidjer horchte in sich hinein und suchte nach einer intelligenten Antwort: "Isch glaab, dös lass isch lieber, isch konn schowiescho nischt Holländisch!" Filou zeigte sich großzügig: "Viel kann ich ja auch nicht, aber das Wichtigste bringe ich Dir bei!" "Au-fein" strahlte Heidjer wissensdurstig. "Das Wichtigste" begann Fi-lou...überlegte ein bisschen, wie er dem Kleinen einen Streich spielen könnte, "also das Wich-tigste ist das Tanken in Holland. Da kannst Du unserem Jäger-Pappi enorm helfen!" Aufgeregt ließ sich Heidjer instruieren, was an der Tank-stelle zu machen sei. Er lernte es auswendig, immer und immer wieder.

Richtig nervös schaute er aus dem Autofenster, um ja die Grenze nach Holland nicht zu verpassen. Kurz hinter Arnheim stoppte das Auto. Filou raunte ihm noch ein "Na los, zeig, was Du kannst" zu. Und Heidjer quetschte sich hinter dem Herrle-Sitz vorbei, suchte und suchte das Schild, von dem Filou erzählt hatte. Und dann fand er es und begann, immer mit wartendem Blick auf den Jäger-Pappi, hemmungslos zu bellen. Der Jäger-Pappi und das Gitti-Frauerle sprangen erschreckt aus dem Auto und dachten, ihr Heidjer sei übergeschnappt und reif für die Hunde-Klappsmühle. Aber dann fanden auch sie das Schild über dem Klingelknopf, das Heidjer frenetisch ankläffte und mussten fürchterlich lachen. Dort stand: Bellen voor bediening.

Filou und Heidjer auf der Gartenparty

"Benehmt Euch", mit drohendem Zeigefinger stand Gitti-Frauerle vor Filou und Heidjer, den beiden ziemlich stramm stehenden Dackeljungen. Der Zeigefinger machte deutlich, dass die Sache ernst gemeint war. Der Zeigefinger bedeutete äußerste Disziplin. "Bloß wegen der blöden Gartenparty", maulte Filou, "müssen wir uns benehmen wir dressierte Affen. Ich finde diese rosa Schleifen am Halsband einfach weibisch!" Heidjer war anderer Meinung: "Oober doo schin dosch immer schon viele Leit un mir können schwischen den Beinen sitschen, wo esch dosch schoo guut riescht!"

Angekommen im Garten der Familie Siegmund, duftete es herrlich nach Bratwürsten
und Schweinebraten. "Kneif Dir die Nase zu",
raunte Filou zu Heidjer, "wir kriegen davon
sowieso nichts ab! Guck mal, da ist wieder dieser eingebildete Sascha, der mich letztes Jahr
angepinkelt hat, weil er mich angeblich überse-
hen hat!" "Isch du scho, alsch ob isch des Ferkel gar net sehe du", stimmte Heidjer ein.
Hinter Sascha stand ein weißer Riesenspitz, den
sie noch nicht kannten. "Hey, ihr beschleiften
Krummbeiner", wuffte er frech zu Heidjer und
Filou, "...ihr seid wohl schwul?" Filou musste
schlucken; aber dann fiel ihm eine Antwort ein.
"Natürlich aber wir stehen nicht auf Tunten in
weißen Pelzmänteln!". Nun mischte sich Sascha
ein und drängte sich gegen Filou: "Hoho-hoho,
ihr braucht wohl mal wieder eine Abreibung?"
"Bleib mir bloß vom Leib mit Deiner ewigen
Inkontinenz", brachte sich Filou in Sicherheit,
"Dir tropft ja schon das Hirn aus dem Arsch!"

"Blöde Party, sagte ich schon" näselte Filou
unüberhörbar für Sascha und den Weißbepelz-
ten zu Heidjer, "komm, lass uns ein ruhiges
Plätzchen suchen!" Und das fanden sie auch
unter einem der Biertische. Wie sie so vor sich
hin dösten, krachte es plötzlich über ihnen.
Beide sprangen erschreckt auf, weil sie an ein

Gewitter dachten. Doch dem Lärm folgte kein weiterer Donnerschlag, sondern ein paar Tropfen. "Komisch", schüttelte Filou den Kopf, "es regnet doch gar nicht." Und wieder tropfte es auf seine Nase, und diesmal leckte er daran. Es war kein Regen. Es war Bier. Und es schmeckte gut.

An dieser Stelle verlassen wir Filou für einige Minuten und sehen, was Heidjer gerade macht. Heidjer war herumgestreunt, erst im Staudengarten, dann bei den Kräutern, langweilig, keine Katzen - dann im Hausflur. Da oben auf dem Stuhl ortete er etwas, was herrlich duftete. Tschupp - sprang er hoch und landete mitten in einer Schale mit Tiramisu. Was für ein Wonne für den kleinen, zahnlosen Dackel, dessen höchste Lust gewesen wäre, ein herunter gefallenes Bratwürstchen wenigstens ablecken zu können. Und nun die weiche süße Speise, einfach göttlich. Und wie er so schleckte und schluckte, kam ihm zum Bewusstsein, dass jeder auf dieser Party an seinen vier Beinen erkennen konnte, dass er von der Speise genascht habe. Was würde das Gitti-Frauerle schimpfen und sich schämen. Und auch der Jäger-Pappi würde ihn schelten und wenigsten einen Tag lang nicht anschauen.

Heidjer überlegte. Und dann kam ihm eine List. Erst stieg er vorsichtig aus der Dessertschale und leckte sich alle verräterischen Spuren ab. Dann nahm er ein volles Maul Tiramisu, schluckte es aber nicht herunter, sondern trug es zu Sascha. Der kokettierte gerade mit einem Pinscher-Fräulein herum, als ihn Heidjer anrempelte und die Tiramisu auf Saschas Rücken spie. "Ooh..ooh...entschuldische büdee vielmalsch" spielte Heidjer den Untertänigen. "Isch wollte Disch dosch nischt oonrempelen. Wasch bin isch fier ein Tollpatsch. Kannscht Du mir nosch mal verzscheihen?" Und damit warf er sich auf den Rücken und spielte den Schwächling.

Sascha grinste hochnäsig über Heidjers Rückenlage und stolzierte wortlos mit der Pinscherin weiter. Die Sahne- und Kakaospuren auf seinem Rücken hatte er gar nicht mitgekriegt. Aber schon im nächsten Moment brüllte Mutter Siegmund "Sascha - Du Mistvieh warst an der Tiramisu!" Sascha drehte sich entrüstet um, aber da kam schon eine Pfanne geflogen, so dass er seine Pfoten unter den Arm nehmen musste und um die Ecke verschwand.

"Wir gehen jetzt heim", pfiff das Gitti-Frauerle zum Aufbruch. "Heidjer ist richtig pappig", monierte der Jäger-Pappi, "wo hast Du Dich wohl rumgetrieben!" Trotz vieler Rufe war von Filou nichts zu sehen und zu hören. Doch dann fand ihn Heidjer noch immer unter dem

Tisch sitzend und mit der Schnauze am Tisch-
rand, jeden Tropfen auffangend, der am Lack-
tischtuch herunter perlte. "Also, das mit dem
Allohol - hicks " lallte Filou, "schmeckt wirklich gut - hicks!" Mit glasigen Augen stellte er
sich auf seine vier Beine und trollte hinter
Heidjer her. "Irgendwie läuft Filou komisch",
wunderte sich das Gitti-Frauerle. "Er läuft
schräg, als ob seine Hinterpfoten in eine andere
Richtung wollen als die Vorderpfoten!" Zuhause angekommen, trollten sich beide Hunde in
ihr Körbchen. Heidjer verspürte ein Grummeln
in seinem Bäuchlein. Und Filou fielen sofort
die Augen zu. "Wie brav unsere beiden heute
waren", war die einhellige Meinung; denn der
Dackel liebste Menschen wussten noch nicht,
dass Heidjer in dieser Nacht schrecklichen
Durchfall bekommen würde und Filou stern-
hagelvoll besoffen war.

Filou und Heidjer und der Waschtag

Sturm peitschte die Bäume. Und lang anhal-
tender Regen hatte die Feldwege gepflügt, so
dass Menschen und Hunde, die sich bei diesem
Wetter hinaus wagten, mit Morast bespritzt
heimkehrten. Auch Filou und Heidjer waren
mit dem Gitti-Frauerle Gassi gegangen und
dabei ein paar mal quer durchs Feld gefetzt und
beim Bremsen im Matsch dahin geschlittert wie

ein Eierkuchen in der Pfanne.

Zu guter Letzt erwischte es auch noch Heidjer von oben. Ihm war plötzlich, als habe ihm jemand auf den Kopf geklopft. "Musch dasch schein?" fragte er Filou entrüstet. Der aber konnte vor Lachen anfangs keinen Ton herausbringen bis er - von heftigen Lachsalven unterbrochen - rief: "Och, Dir hat - hihi - ein Vogel - hahaha - auf den Kopf - hihi- haha - gekackt - haha - hihi!" Heidjer hechtete noch mal in die Wiese und rollte und rollte und versuchte, den Schietkram abzuwischen. Da pfiff das Gitti-Frauerle und die drei marschierten schnellen Schrittes durch den Regen nach Hause.

„Jetzt seid ihr aber dran", sagte das Gitti-Frauerle und ließ warmes Wasser in die Badewanne. Bereitwillig ließen sich die beiden Dackeljungen in die Wanne setzen. Sie mochten es, wenn sie im Wasser so fein durchgekrault wurden. Nur der Schaum war blöd; er brannte in den Augen, kitzelte an der Nase und schmeckte nach frischgewaschenen Handtüchern. Als erstes wurde Heidjer mit den Händen durchgeknetet und eingeschäumt. Geduldig schloss er die Augen und ließ sich durchwalken. Filou konnte es kaum erwarten, bis auch er dran war. Oh wie reckte er seinen Rücken, damit Gittis Hände auch überall hinkamen.

Gerade hatte Gitti die beiden noch mit einer Schaummütze dekoriert, da klingelte das Telefon. "Bleibt brav sitzen" deutete sie noch mit dem Zeigefinger - ach ja der Zeigefinger wieder - und lief zum Telefon.

"Wollen wir mal wieder wetttauchen" fragte Filou. Und Heidjer war gleich Feuer und Flamme: "ja, un isch fang aan. Hub, hub, hub" holte er noch drei Mal tief Luft und tauchte unter, während Filou zu zählen begann: "Eins, zwei, drei, vier...". Da tauchte Heidjer wieder auf: "Poah - war isch gut?" Filou erinnerte sich, dass es Heidjer beim letzten Tauchgang nur bis drei geschafft hatte und lobte ihn dafür. "So jetzt ich" kündigte Filou an: "Hub, hub, hub, hub" schnappte er vier Mal tief nach Luft und verschwand unter dem Badeschaum. Jetzt zählte Heidjer "Eins, zschwei, vier, fienf, acht, drei". Und als Filou schnaubend auftauchte, rief der Kleine "drei"! "Du spinnst" schimpfte Filou, "ich bin selbst bis acht gekommen. Kannst Du denn noch immer nicht richtig zählen?" Heidjer wiederholte noch einmal seine merkwürdige Zahlenreihe, "sischt Du, isch kann zschälen!" Da konnte Filou nur noch mit dem Kopf schütteln und er murmelte "Zu dumm zum...".

Inzwischen tauchte Heidjer bis zum Hals unter und blies ins Wasser, dass es herrlich blubberte. Das klang schön. Und deshalb blubberte Filou auch ein bisschen, aber in etwas tieferer Tonlage. Das klang auch schön. Plötzlich hörte er auf und schimpfte zu Heidjer: "Ferkel, Du hast ins Badewasser gepullert, bläh, ich hab's genau geschmeckt!" Heidjer sagte keinen Ton und guckte weg. "Heidjer" knurrte Filou noch einmal drohend und dann sprang er auf den kleinen drauf, dass der Badewasser schluckte. Heidjer wurstelte sich planschend wieder hoch und sprang nun auf Filou, dem vor lauter Seifenschaum die Hinterbeine wegrutschten. Dabei verfing sich ein Beinchen in der Kette des Stöpsels, und der Stöpsel flog aus dem Abfluss. Hilflos sahen die beiden zu, wie das viele Badewasser unter ihren Beinen davon lief und eine kleine Dreckstraße hinterher zog.

Im Flur beendete Gitti-Frauerle ihr Telefongespräch und kam zurück ins Badezimmer. "Na, ihr seid ja schon fertig", rief sie den beiden zu, und sogar schon das Badewasser abgelassen, Das ist aber mal ein ganz neues Kunststück." Filou blickte zu Heidjer. Heidjer blickte zu Filou. Und im selben Moment fragten sie sich gegenseitig: "Weißt Du eigentlich, wie wir das gemacht haben?"

Filou und Heidjer und die Katzen

"Hast Du gesehen", stupste Filou seinen kleinen Stiefbruder Heidjer an, "die Ringers haben eine neue Katze". Heidjer riss die Äuglein auf und lächelte: "Hoh... dasch gibt tscha wieder Schpass! Isch schie noch jung oder schon rischtisch mit Konditschion?" Filou überlegte: "Ich glaube, dass ist noch ein ganz junges Ding. Der müssen wir erst noch das Rennen beibringen!" Heidjer kratzte sich hinter dem Ohr, beleckte sich das Maul und wuffte: "Katzschen-Jagen ischt toll! Da fühle isch misch immer wie unscher Jäger-Pappi...auf der Pirsch!"

Noch während er das sagte, erklangen unter dem Balkon geflüsterte Worte: "Hau ab, das ist meine Maus" und "Lümmel, ich hau Dir gleich eine rein!" Filou flüsterte nun auch: "Das sind Felix und Kasimir; die haben wir doch schon lange auf dem Kieker. Komm Heidjer, bis zur Treppe leise anpirschen und dann auf sie mit Gebrüll!"

Filou und Heidjer robbten lautlos über den Balkonboden. An der Treppe zum Garten angekommen, stürmten sie mit lautem Gebell hinunter in den Garten. Die beiden Kater waren so perplex, dass beide die Maus Maus sein ließen und zur Flucht über die Mauer ansetzten. Filou und Heidjer wälzten sich vor Lachen und nach Luft japsend auf dem Rasen, klopften mit den Schwänzen auf den Boden und konnten sich kaum beruhigen.

"Jetzt fühlt ihr Euch wohl toll", erklang eine Katzenstimme vom Holzpfosten neben dem Kirschbaum. Dort saß Mona, die graue Perserkatze von Familie Schmitz und leckte sich fein säuberlich Haar für Haar auf ihrer rechten Pfote. "Bei uns in Persien würden sie Euch lynchen und dann Suppe aus Euch kochen, wenn ihr so mit Meinesgleichen umgeht." Filou und Heidjer erkannten, dass Mona ziemlich unangreifbar saß. Der Pfosten war aalglatt und bot keine Chance, ihn zu erklimmen. Und das wusste Mona ganz genau; deswegen lästerte sie mutig weiter: "Ich mag Euch nicht. Ihr seid scheinheilig und achtet unsere Bedürfnisse nicht!"

"Moment mal" rief nun Filou, "ist das unser Garten oder Deiner!" Mona leckte sich nun die linke Pfote und antwortete fast gelangweilt: "mein Garten, Dein Garten, ein Garten ist für alle da! Was seid ihr nur für Banausen. Der liebe Gott hat die Gärten geschaffen und die Hunde und die Katzen. Und er hat nicht gesagt, dass die Gärten nur für Hunde da sind. Wo sollen wir denn laufen. Wir können doch nicht fliegen!

Nun guckten sich die beiden Dackeljungen etwas ratlos an. Schließlich wuffte Filou fast
kleinlaut: "Aber das liegt doch in unserer Na-
tur: Dackel jagen nun mal Katzen!" Und Heidjer schloss sich an: "Tscha, Dackel müschen
Katzschen jagen!" Mona schüttelte ihr Köpfchen, wechselte ihren buschigen Schwanz von
links nach rechts und maunzte: "Herrjeh...das
klingt ja nach Poppenpüttel-Effekt...haben wir
schon immer gemacht...machen wir weiter so.
Seid ihr denn gar nicht lernfähig?"

Filou und Heidjer waren erneut für einen Au-
genblick sprachlos. Verdutzt saßen sie unter
dem Pfosten und Mona thronte wie das Jüngste
Gericht über ihnen. Da ertönte vom Balkon
der Ruf des Jäger-Pappis: "Hey - Filou, Heidjer,
seid ihr blind, da ist doch eine Katze!" Und wie
auf Kommando schossen Filou und Heidjer
wie Pfeile an dem Pfosten in die Höhe, dass
sich Mona nur noch mit einem Sprung in den
Kirschbaum retten konnte und von dort ebenfalls über die Mauer verschwand.

"Na, die haben wir aber toll eingeschüchtert",
hechelte sich Filou wieder aus und fügte noch
an "jetzt hat Mona aber auch eine Lektion gelernt". Und Heidjer fügte kumpelhaft hinzu:
"tscha, allesch eine Frage der Refleksche!"

Filou und Heidjer und der Nachhilfe-Unterricht

Irgend etwas war anders an diesem Nachmittag, merkten Filou und Heidjer auf dem Nachhauseweg von ihrem Feld-Gassi. Es roch nach Konkurrenz, aber weit und breit war nichts zu sehen. Immer stärker bizzelte ihnen ein neuer Duft in der Nase, bis er sich am Haus von Familie Gassner so stark konzentrierte, dass die beiden ihre Hundeleine spannten und Gitti-Frauerle mit Gewalt anhielten.

Nichts rührte sich hinter dem Holzzaun von Gassners. Wie zum Hohn hing hier ein Warnschild "Vorsicht hier wache ich"; aber weit und breit nichts zu hören und nicht zu sehen. "Hey" wuffte Filou einmal, und auch Heidjer machte "Wuff-Wuff, kanna dahaam?" Da kam ein mittelbraunes Fell in Bewegung und starrte mit rehbraunen Augen durch den dichten Haselnuss-Strauch. "Tut mir nichts, dann tu ich Euch auch nichts", erklang ein schüchternes Stimmchen." Filou sog die Duftmarke tief ein und fragte: "Was bist Du denn für einer; ein Wachhund sicher nicht. Wer soll denn vor Dir Angst haben!"

"Wieso Angst haben", fragte es hinter dem Haselstrauch zurück und nun wurde ein Stückchen Schnauze sichtbar. "Junge-Junge", räusperte sich Filou erneut, "Du bist wohl neu hier und noch nicht angelernt. Wie heißt Du denn eigentlich?" Nach einer längeren Pause erklang zögernd "die Leute nennen mich Pluto; aber eigentlich heiße ich Simba, jedenfalls solange ich im Tierheim war!"

"Ohje", seufzte Heidjer, "schoo ein armesch Kerlschen. Erscht Tierheim un nischt gelernt. Hascht Du keine Angscht, dasch schie disch wieder wegschicken?" Pluto schluchzte verhalten: "Es ist immer das Gleiche: Erst holen sie uns aus dem Tierheim und erwarten wer weiß was für Wunder von uns und dann bringen sie

uns wieder zurück!"

Gitti-Frauerle drängte zum Weiterlaufen. Aber Filou und Heidjer blickten ihr so flehentlich in die Augen, dass sie es nicht übers Herz brachte, die beiden wegzuziehen. "Hör mal" begann Filou erneut, "Du musst Dich unentbehrlich machen; dann darfst Du sicher bleiben!" Pluto legte seinen Kopf schief: "Und wie mache ich das?" Filou schüttelte nur den Kopf und begann dann: "Auf alle Fälle musst Du knurren und bellen, wenn sich ein Mensch oder ein Hund dem Zaun nähern. Daran merken Deine Menschen, dass Du ihr Zuhause bewachst!" Pluto bellte mal zur Probe "Wuff-Wuff!" Jetzt mischte sich Heidjer ein: "Viel zschu zschaahm" kläffte er Pluto an und "...fletsche die Zschähne, schpring auf die Hinterbeine, damit Fremde vor Dir Angscht kriegen!"

Pluto warf sich nun mit den Vorderbeinen gegen den Zaun und bellte und knurrte so laut er konnte. Da lief Frau Gassner aus dem Haus und beschwichtigte Pluto: "Ja, braver Hund, ist ja gut so. Du passt auf uns auf, brav, brav. Tag Frau Peters. Und da sind ja auch Filou und Heidjer. Ja, wir haben jetzt auch einen Aufpasser. Nicht wahr Pluto, Du bist doch jetzt unser Beschützer!" Und Pluto leckte ihr dankbar die Hand.

Als Filou und Heidjer zwei Tage später wieder zu Gassners Haus kamen, hörten sie Pluto schon von weitem laut und gefährlich Kläffen und Schimpfen, Geifern und Warnen wie ein wildes Tier. "Ischa guut", besänftigte ihn Heidjer, "ischa guut, schind dosch bloosch wir, Pluto!" Pluto maunzte unter dem Zaun: "Ich habe Euch schon lange erkannt; aber ich dachte, mach ein bisschen die Show, dann streichelt mich mein neues Frauchen und hält mich für einen guten Wachhund!" Filou und Heidjer freuten sich mit ihm, dass ihre kleine Lektion so viel Gutes gebracht hatte für Pluto.

"Wartet mal", stoppte er den Gassi-Lauf der beiden Dackeljungen, "ich habe da noch ein Problem!" Filou und Heidjer bremsten noch einmal und suchten unter dem Holzzaun Augenkontakt zu Pluto.
Pluto stotterte ein bisschen herum. "Nun sag schon", ermunterte ihn Filou. Und auch Heidjer äffte nach "Nu schaag schoon!" "Also", begann Pluto, "was mache ich bloß mit diesen Katzen. Die behaupten, sie hätten ein Wegerecht durch unseren Garten und zwar morgens zwischen zehn und elf und nachmittags zwischen vier und fünf!" Filou und Heidjer schauten sich baff an und warfen sich auf den Rücken vor Lachen. Nichts verstehend guckte ihnen Pluto zu und fragte endlich: "Also los, was soll ich tun?" Da schluckte Filou, trat Heidjer sacht in die Flanke, der sich immer noch vor Lachen wie ein Wurm wandt und sagte dann toternst: "Pluto, pass auf, dass sie

Dir nicht auf die Pfoten treten!" Und dann trabten die Dackeljungen weiter in der Gewissheit, dass hier noch viel Aufklärung zu leisten sein werde.

Filou und Heidjer und der schlechte Traum

Heidjer konnte nicht schlafen diese Nacht. Ein paar Mücken ärgerten ihn mit ihrem spleenigen "Ssssirr". Und so oft er auch nach ihnen tappte, sie flogen nur beiseite und begannen einen neuen Anflug. Erneut schlug Heidjer nach den beiden Biestern und erwischte dabei Filou am Ohr.

"Wer da!" knurrte Filou und stand schon angriffslustig auf allen vier Beinen. "Tschuldigung", flüsterte Heidjer, "isch wollte Disch gar nischt wecken. Isch habe Mükschen gescheuscht und bün abgerutscht!" "Lass mal gut sein", meinte Filou, "ich schlaf sowieso gleich wieder ein!" Sagte es und legte sich um. Heidjer zupfte sich sein Kissen zurecht und legte sich aufs linke Ohr. Irgendwie störte ihn eine Falte am linken Bein und er schmiss sich aufs rechte Ohr. Das war ihm viel zu warm. Also warf er sich auf den Rücken und wartete aufs Einschlafen. Vor so viel Erschütterung erwachte nun Filou wieder und schaute nach seinem kleinen Stiefbruder. "Mach doch nicht so viel Wind", maulte er und bleib endlich still liegen. Sonst flieg ich noch aus dem Körbchen!"

"Isch konn nischt schlofen", seufzte Heidjer, "...entweder ärschern misch die Mükschen oder isch schwitzsche oder isch träume schlescht!" Nun rappelte sich Filou auf und stupste ihn an: "Schlechte Träume sind nicht wahr; das ist reine Erfindung, davor braucht man keine Angst zu haben!" Heidjer seufzte erneut: "Jo, jo ober wann esch scho wirklisch wirkt!" Filou tippte ihm auf die Stirn und sagte: "Also erzähl mir Deinen Traum und ich erkläre Dir dann, was daran Quatsch ist!"

Bereitwillig begann Heidjer zu erzählen: "Isch hob geträumt, dasch der Jäger-Pappi aan kloines Holzhäuschche zschuschamme genaschelt hat. Un, un dann muschte wir in die Garten zschiehen und durften nie, nie, nie wieda insch Hausch komen!" Filou kicherte los. "Wie kommst Du nur auf solche Ideen. Unsre Menschen können doch ohne uns gar nicht mehr leben. Schon nach einer Stunde wäre es ihnen so langweilig und sie hätten große Sehnsucht nach uns". Aber Heidjer ließ sich nicht abbringen: "Un, un donn hob isch geträumt, dasch schi unsch eine Kette um den Halsch gezschogen hoben, damit wir nur nosch hin- und herlofen künnen!"

Filou schüttelte erneut den Kopf und meinte: "Was geht nur in Deinem Kopf vor. Hast Du etwa gestern Abend den Krimi angesehen, als Du beim Jäger-Pappi gelegen hast?" Leise flüsterte Heidjer "joooh, dasch war schooo aufresschend, dasch isch misch vor Schpannung in die Pfoten gebischen habe!" Filou kicherte: "Aber das ist doch alles nur erfunden, im Fernsehen. Oder glaubst Du wirklich, dass Komissar Rex pausenlos durch Glasscheiben springt?" Heidjer staunte: "ooch, ober...ober dasch schieht dosch immer schoo gefährlisch ausch!

"Filou kuschelte sich in sein Kissen und knarrte ärgerlich "leg Dich wieder hin. Schlaf. Morgen früh ist die Nacht um!" Heidjer zupfte sich mit der Schnauze wieder eine Kuhle ins Kissen und kringelte sich hinein. Nach einige Minuten tippte er Filou noch mal an: "Un, un der Rexsch kon in Werklischkeit werklisch nischt dorsch een Fenschter schpringe?" Filou schimpfte nun missmutig: "Sei ruhig und hau Dich aufs Ohr!" Heidjer schluchzte leise: "...ober, ober dasch tut tscha weh!"

Filou und Heidjer und fliegende Wesen

"Pass auf, pass auf", kreischte Filou noch hektisch, aber das war es schon passiert: Heidjer hatte wieder mal völlig unkritisch nach einem fliegenden Etwas geschnappt. Und dieses Etwas war eine Wespe. Au weia - da war das Gejaule groß. "Huhu, auauau - die hat misch in meine Zschunge gebeißt", jammerte der kleine Dackeljunge erbärmlich und wälzte sich auf dem Boden. "Auauaua...dasch dut scho weh, scho weh, auauaua".

Filou schüttelte nur den Kopf: "Ich habs Dir doch schon so oft erklärt, was eine Fliege ist und wie eine Wespe aussieht!" Heidjer schluckte unter seinen Tränchen: "Oober isch kon doch niksch dofier, wann misch mein Refleksch juckt, dann muss isch schpringe!" Und dann reckte er Filou seine Zunge hin: "Blääääh...kannscht Du wasch schehen?" Filou ging ganz nah ran, und tatsächlich sah er den kleinen Stachel in Heidjers Zunge. "Der muss raus", bestimmte er lakonisch, "aber wie? Ich pack das mit meinen Zähnen nicht. Aber wer macht solche Feinarbeiten?"

Heidjer saß im Hundekörbchen, den Kopf über den Rand und mit heraushängender Zunge; ein Bild zum Erbarmen. Wie ein Blitz schoss es Filou ins Hirn: "Natürlich, die kleine Libelle im Staudengarten", und er sauste die Terassentreppe hinunter in den Garten. "Lieselchen" rief er, "komm Putzi-Mutzi, komm Putzi-Mutzi, ich brauche Deine Hilfe!" Filou lauschte und lauschte. Fliegen hörte er brummen, eine Hummel schraubte vorbei. "Ach haut ab, Euch habe ich doch nicht gemeint" muffelte er vor sich hin. Aber dann vernahm er ein glockenhelles Zwitschern und Flattern, so zart und elegant, wie sich nur eine Libelle bewegen kann.

"Du hast mich gerufen", säuselte das zarte durchsichtige Geschöpf im kobaltblauen schlauchengen Cocktailkleid. "Ich weiß, Du hast noch einen Wunsch frei, weil Du mich vor dem weißen Spitz gerettet hast. Also, was wünschst Du Dir?" Filou stellte sich lieb auf die Hinterbeine, erhob beide Vorderpfoten und klopfte mit dem Schwanz auf den Boden: "Ach bitte, liebstes Lieselchen, hilf doch meinem Heidjer, den Wespenstachel aus seiner Zunge zu ziehen."

"Huch" zuckte die Libelle zusammen, "das ist doch der, der nach allem schnappt, was fliegen kann. Auch nach mir hat er schon geschnappt, dieser Filou!" "Nein", korrigierte Filou nun die Libelle: "Filou heiße ich, es geht um Heidjer. Ach bitte hilf ihm doch, bitte-bitte-bitte. Er leidet so grässlich!" Die Libelle setzte sich auf eine Ringelblume, strich sich die seidigen Flügel glatt und überlegte ein bisschen. Noch einmal hub Filou an: "Bitte-bitte-bitte, tu's für mich!" Die Libelle blickte ihm tief in die Augen. "Kannst Du gewährleisten, dass er mich nicht frisst, während ich ihm den Stachel aus der Zunge ziehe?" Filou überlegte kurz, und da fiel ihm auch das Richtig ein: "Ich werde gleichzeitig meine Pfote in sein Maul stecken. Und wenn ihn wieder so ein Reflex juckt, dann beißt er erst mal auf meine Pfote und Du kannst in aller Ruhe wegfliegen!" Die Libelle lächelte gerührt: „Du bist wirklich ein Freund. Hoffentlich weiß Heidjer das auch zu schätzen. Also los. Zeig mir, wo der kleine Racker ist".

Filou sauste die Terrassentreppe wieder hoch und Liesel schwebte über ihm zu Heidjer, der noch immer mit heraushängender Zunge im Körbchen lag und die Augen verdrehte. Filou bellte ihn erst einmal tüchtig aus, dass er die Libelle in Ruhe lassen solle, weil die ihn von seinen Schmerzen befreien werde. Heidjer nickte; sprechen konnte er nicht, weil seine Zunge schon dick geschwollen war. „Damit Du meine Liesel nicht verschlucken kannst, stecke ich Dir meine Pfote in den Hals, ist das klar Heidjer? Heidjer nickte nur und krächzte mit offenem Gaumen „ah- ah". Seine Pupillen schienen sich in der Mitte zu treffen, als sich das hauchzarte Libellenmädchen auf seiner Zunge niederließ, erst mit Rüssel und Füßen den Wespenstachel etwas lockerte und dann unter großer Anstrengung herauszog. „Puh" seufzte es, „der hat aber mächtig tief gesessen. So, Filou, lass mal Deine Pfote noch in Heidjers Maul. Jetzt kriegt er noch eine Gardinenpredigt." Heidjer verzog sein Gesicht und versuchte, sich von Filous Pfote zu befreien. Aber der blieb konsequent.

Die Libelle hielt noch immer den Stachel an ihren Füßchen. Im Vergleich zu ihr sah er aus wie ein riesiger Spieß. „Heidjer, wenn Du jetzt versprichst, nie wieder nach Libellen zu schnappen, nehme ich den Stachel mit und werfe ihn über einem See ab." „Un wenn nischt…", fragte Heidjer schüchtern..." Die Libelle blickte langsam erst auf den Stachel und dann Heidjer in die Augen: "dann kriegst Du ihn an der gleichen Stelle wieder rein, wo doch schon mal ein Loch da ist!"

Heidjer jaulte auf, dass sein Atem die kleine Libelle fast umgeworfen hätte: "Nein, nein - isch verschpresche, dasch isch nie wieder schnappe, nischt Disch, nischt Weschpen und nischt Fliegen. Isch schnappe nie, nie wieder!" Die Libelle zwinkerte Filou zu, Filou zwinkerte zurück und eine Sekunde später waren Filou und Heidjer wieder alleine.

Heidjer atmete noch schwer; denn die Zunge war trotz Stachelentfernung dick geschwollen. Filou leckte ihm den Kopf und tröstete: "Du musst sie kühlen, die Zunge; am besten unten in der Vogeltränke. Da kannst Du Dich hinlegen und die Zunge ins Wasser hängen!"

Heidjer mochte gar nicht reden; er hopste zur Vogeltränke und legte seine Zunge ins Wasser. Ja, das tat gut. Durch die Kühlung ließ der Schmerz gleich nach. Aber was war das? Eine Ameise krabbelte an der Vogeltränke hoch und kroch auf seiner Zunge herum. "Chrrrch" hustete Heidjer, der sein Versprechen noch genau im Ohr hatte, "Chrrrch" hustete er noch mal, aber die Ameise störte das gar nicht, denn sie suchte ihren Weg nach Hause. Und auf dem lag nun mal Heidjers Zunge. Heidjer horchte kurz um sich: Niemand war da, kein Filou, keine Libelle. Und dann schluckte er die Ameise einfach herunter. Schließlich war es keine fliegende Ameise, beruhigte er sein Gewissen und grinste ein wenig.

Filou und Heidjer und das schlechte Gewissen

Unruhig dackelte Filou immer wieder zur Haustüre und horchte. Draußen rüttelte der Wind an den Zweigen, irgend ein Gartentörchen seufzte, ein paar Walnüsse ploppten auf die Straße, aber sonst...nichts. "Er müsste schon längst wieder da sein", sinnierte Filou und drehte eine weitere Runde zwischen Wohnzimmer und Hausflur. Heidjer saß ausdruckslos in seinem Körbchen in der Küche und verfolgte stumm Filous Touren vom Wohnzimmer zur Haustür ins Wohnzimmer zur Haustür. Heidjer konnte nicht bellen; ein Kloß saß ihm im Hals und würgte den kleinen Kerl, in dessen Inneren sich schlechtes Gewissen aufbauschte wie frisch geplopptes Poppcorn.

"Er müsste schon längst wieder da sein", wiederholte Filou erneut and blickte Heidjer dabei fragend an. Doch der senkte den Blick und schluckte leise. Er brachte es einfach nicht fertig, zuzugeben, dass er heute Nachmittag Knatsch mit seinem geliebten Jäger-Pappi gehabt hatte. Dabei begann die Geschichte so lustig: Ein Stück Papier war vom Tisch gefallen, direkt auf Heidjers Kopf. Der hielt das für ein Spiel. Er schnappte die papierne Beute und jagte damit in den Garten, um sie zu vergraben. Mitten im Scharren und Schaufeln sah er den Jäger-Pappi die Treppe herunter springen. "Heidjer, gib her", schrie er; doch Heidjer nahm die halbvergrabene Beute erneut ins Maul und stürmte damit weiter durch den Garten. "Fang misch dosch", juchzte er, schlug einen Haken unter der Tanne hindurch und jagte nun die Treppe zum Balkon wieder hinauf.

Oben wartete er an der Tür, überlegte blitzschnell, in welche Richtung er sich verstecken könnte, um den Wettlauf möglichst lange auszudehnen. Doch vom Jäger-Pappi ertönte nur ein lautes "Au-verdammt!" und dann nichts mehr. Heidjers Herzchen pumperte vor Aufregung ganz schnell. "Dasch ischt oin Trick", redete er sich ein, "er will misch ieberlischten" und er versteckte sich hinter einem Türstock, während Filou - durch den Schrei wach geworden - neugierig auf den Balkon lief.

Da saß der Jäger-Pappi auf der hellgrauen Steintreppe mit einem aufgeschlagenen Zeh. Blut tropfte herunter. Und Filou versuchte, sogleich Erste Hilfe zu lecken. Aber der Jäger-Pappi lachte nur mit zusammen gebissenen Zähnen und schob ihn weg. Dann humpelte er die Treppe hoch und verschwand im Badezimmer. Filou sah fassungslos zu und verstand die Welt nicht mehr.

Heidjer wäre jetzt gerne eine Maus gewesen, um sich im kleinsten Mauseloch zu verstecken. Noch immer das Papier zwischen den Zähnen, robbte er zurück ins Wohnzimmer, wo ihn das Papier getroffen hatte. Ausgebreitet auf dem Teppichboden sah es ziemlich zerrupft aus. Es war auch ein bisschen feucht geworden und faltig. Und wenn es jetzt auch viel besser duftete, überwandt sich Heidjer doch, sich davon zu trennen. Er sprang damit auf den Stuhl und ließ es auf dem Stuhlsitz fallen. Er stellte sich mit den Hinterpfoten darauf und bügelte mit seiner Schnauze ein paar Mal über die papiernen Falten und Runzeln. Dann hopste er wieder herunter und verkrümelte sich im Körbchen unter dem Küchentisch, wo es dunkel und schummrig war.

Filou saß noch immer vor der Badezimmertüre und lauschte. "Ich war doch brav?", bestätigte er sich selbst, dass er nichts angestellt habe. Für alle Fälle aber holte er sich das rot-grün-gestreifte Kissen, mit dem er immer Apportieren übte und setzte sich wieder vor die Badezimmertüre. Dann endlich kam der Jäger-Pappi heraus mit einem dicken weißen Fuß. Filou ließ das Kissen los, stürzte sich darauf und wollte ihn liebevoll belecken. Aber der Jäger-Pappi rief nur "Aus - Filou", hangelte den Autoschlüssel vom Schlüsselbrett und dann klappte die Haustüre.

"Er müsste doch längst wieder hier sein", stuppste Filou mit seiner Schnauze nun Heidjer an. Als der den sorgenvollen Blick von Filou sah, brach es aus ihm heraus und er erzählte schluchzend und zuckend, was geschehen war. "Isch fiehle misch scho schuldisch", wimmerte der kleine Kerl und weiter "nu hodd er misch beschtimmt nischt mehr lieb!" Da klappte die

Haustüre. Beide Dackeljungen verzogen sich in die Küche und hörten, wie der Jäger-Pappi und das Gitti-Frauerle miteinander redeten. "Es hat keinen Sinn, jetzt mit Heidjer zu schimpfen, der hat schon längst vergessen, dass er Mist gebaut hat!" Filou und Heidjer schauten sich kurz an, nickten und stürmten in den Hausflur, um ihre Menschen zu begrüßen. Und Heidjer fiel ein Stein vom Herzchen, dass niemand mit ihm schimpfte. Ein schlechtes Gewissen hatte er noch viele Tage. Bloß gut, dass seine Menschen davon null Ahnung hatten.

Filou und Heidjer und die bunten Lichter im Garten

Nach vielen Regentagen schien endlich die Sonne wieder. Filou und Heidjer rangelten miteinander im frisch gemähten Gras des Gartens. Niemand wollte Sieger sein. Es machte einfach Spaß, sich zu wälzen und Purzelbäumchen zu schlagen. Mal lag der eine oben, mal der andere unten. Dabei keuchten sie, als müssten sie schwere Mehlsäcke schleppen. Aber in Wirklichkeit ging es ihnen nur darum, sich abwechselnd sanfte Watschen zu verpassen. Und jeder Klatsch ergab eine Lachsalve, die nur sie selber hören konnten.

Als Filou gerade mal wieder unten lag und nach oben schielte, schien ihm ein rotes Licht in die

Augwinkel und er sprang neugierig auf. Dieses Rote Licht war gestern noch nicht da gewesen, oder zumindest nicht vor zwei Tagen, vor dem großen Regen. Aufmerksam wehrte er erst mal Heidjers erneuten Sprung ab, in dem er sich auf alle vier Beine stellte, und dann untersuchte er das seltsame rote Licht, das sich ihm etwas höher als in Augenhöhe entgegenblinkte. Und indem er mit der Nase vorsichtig daran schnupperte, erkannte er, dass dies eine kalte Lichtquelle sein musste.

"Äi, pass auf", rief er Heidjer zu, "hier stimmt 'was nicht". Heidjer rieb sich die Äuglein und schaute immer wieder zu dem roten Kügel-chen, das im Staudengarten hing. "Dasch schiet ausch, wie eine Ampel", mutmaßte Heidjer. "Quatsch" quittierte Filou diese Antwort, "dann müsste ja auch ein gelbes und ein grünes Licht zu sehen sein!" Heidjer schwenkte seinen Blick in die Runde des Staudengartens und tat-sächlich sah er nun ein gelbes Kügelchen und viel grüne - große und kleine. "Rot, Gelb, Grün", flüsterte Heidjer, schluckte ängstlich und sah Filou an: "das musch eine Ampel schein!" Filou kratzte sich mit dem rechten Hinterbein am Bart und überlegte: "Für wen brauchen wir eine Ampel im Garten?" Heidjer überlegte nun auch, und nach einer kurzen Weile stotterte er, "äh..äh..sischer ischt dasch eine Ampel für Katschen, damit schie wischen, wann schie dorsch onscheren Garten dierfen!"

Filou schüttelte sich vor diesem Gedanken. Er hasste Katzen. Wer um alles in der Welt sollte diesen scheinheiligen Pussys auch noch ein Wegerecht reglementieren. Aber eine Erklärung wusste er auch nicht. "Wer auch immer sich hier Wegerechte erschleicht", bedeutete er herrisch, "dem werden wir die Sache ganz schön vermiesen". Sprachs und sprang auf die roten und gelben Lichter und schlug sie zu Boden. "War gar nicht heiß", berichtete er Heidjer, dem damit ein Stein vom Herzen flog. Doch die Lichter gingen nicht aus, sondern lagen nun auf dem Boden herum. Noch immer schickten sie ein Signal, das Filou und Heidjer zu auffällig war. Also begannen die beiden emsig, die bunten Lichter zu vergraben.

Am nächsten Morgen, als die beiden die Treppe zum Garten hinunter stürmten, hörten sie ihre Menschen reden. Die sagten: "Schau mal - jetzt wollte ich die ersten roten und gelben Cocktail-Tomaten ernten. Ich sah sie gestern Abend noch leuchten. Und nun sind sie über Nacht verschwunden. Seltsam. Ob wir Marder haben?" Da sahen sich Filou und Heidjer betroffen an. Sie sprachen kein Wort. Aber als sie die rote und die gelbe Kugel wieder ausgebuddelt hatten, gruben sie sie schnell wieder ein. Damit war kein Staat mehr zu machen.

Filou und Heidjer und das Haus auf der Straße

Als die beiden Dackeljungen an diesem Morgen auf die Straße stürmten, sah die Welt plötzlich ganz anders aus. Mitten auf der Straße standen ein Sofa, eine Kommode, verschiedene Schubladen, Kisten und Kästen, Krimskrams, Nichtsnutz, verschlissene Kissen, Matratzen. Heidjer war ganz aus dem Häuschen: "Do schteht jo oine ganze Wohnung uff de Strass", stammelte er ungläubig. Und auch Filou rieb sich erst einmal die Äuglein, weil er nicht fassen konnte, was er sah. Und weil's Gitti-Frauerle sowieso noch 'was zu Schwätzen hatte mit der Ute und der Angela von nebenan, untersuchten die beiden diese merkwürdige Wohnung, in der keiner zu wohnen schien.

Als erstes hüpfte Filou auf das Sofa, das ihn sofort an irgendetwas aus einer fernen Zeit erinnerte. Ein Hauch von Lavendel, Kirschjogurt und irgendeinem Deo-Spray dämpfte seine Erinnerung empfindlich. "Ich kenne diesen Duft", meldete er an Heidjer weiter, "aber ich komme ums Verrecken nicht darauf, woher!" Nun steckte auch Heidjer seine Nase in die Polsterfalten und sog den fremden Geruch tief in sich hinein. "Schmeckt nach Pissnelke", gab er nüchtern seinen Zwischenbericht ab und

"irgendwie eine alte, undichte Dame", vervoll-
ständigte er seinen Eindruck.

In Filous Kopf klingelte eine Erinnerung. "Ja,
da war doch dieser Fox-Terrier, so eine doofe
Diva mit Namen Trixi, die mich als kleines
Hundebaby immer angeknurrt hat," erzählte er
Heidjer aufgeregt. Heidjer fragte wissbegierig:
"Wasch ischt denn eine Diva?" Filou überlegte
ein bisschen: "Ja, das ist eine Hündin, die sich
einbildet, sie könnte Herrchen und Frauchen
dressieren!" Heidjer schüttelte sich vor Unver-
ständnis und schnupperte weiter. In einer
Schublade faszinierte ihn ein besonderer Duft:
"Isch glaube, hier ischt ein Kind!" meldete er
an Filou weiter.

Nun stöberte auch Filou in der Schublade und
beförderte eine Quietsche-Ente ans Licht. Vorsichtig leckte er daran, und wieder erinnerte ihn
etwas an vergangene Jahre. "Ach Heidjer",
schluckte er ernst und weise wie ein alter Kerl,
"Du wirst es nicht glauben, aber das riecht nach
einer Zeit, als wir noch gar nicht auf der Welt
waren und Jonny, der Philosophenstudent,
noch ein kleiner Junge war." "Wasch, unscher
langer John", fragte Heidjer erstaunt, "war der
ausch mal klein wie wir?" Aber er wartete die
Antwort gar nicht ab, sondern faszinierte sich
an einem anderen Geruch: "Hmmh, hmmh, ich
riesche, riesche Bratwürschtle", stammelte er

fassungslos und zog seine Nase durch eine alte Bratpfanne.

Nun kroch Filou unter einem Sofakissen hindurch und robbte zwischen Matratzen und Brettern durch zu einem Duft, der ihm ganz fremd und dann penetrant entgegen wummerte: "Pfui-bah..." schniefte er, "bläh...das stinkt ja entsetzlich" und Würgereiz kroch ihm die Nase hoch. Da hörte er das Gitti-Frauerle rufen:"Filou...Heidjer...wo seid ihr denn...gleich kommt das Sperrmüllauto. Und wenn ihr nicht sofort heraus kommt, landet ihr auch in der großen Quetsche!"

Das ließ sich Filou nicht zwei Mal sagen. Froh, wieder an der frischen Luft zu sein, wurstelte er sich durch die Matratzen zurück auf die Straße. Aber wo war Heidjer? Etwas schepperte und schleifte über Asphalt. Und dann kam Heidjer, rückwärts mit schwerer Last angeschleppt: Im Maul die alte Bratpfanne.

"Heidjer...aus", rief das Gitti-Frauerle entsetzt. Heidjer warf seinen herzzerreißendsten Augenaufschlag zu ihr hoch: "Ooch, bidde-bidde-bidde..." flehte er sie stumm an, die Pfanne doch behalten zu dürfen. Da mischte sich Filou ein und raunte ihm ins Ohr: "Du kannst Dich entscheiden - die Pfanne oder ich - die Pfanne kommt mir jedenfalls nicht in unser Körbchen." Heidjer blickte erneut zum Gitti-Frauerle: "Bidde-bidde-bidde!"

Heidjer linste zu Filou. Aber der schwieg kompromisslos. Von der Ferne steigerte sich Lärm, der von Maschinen kam. "Heidjer...aus" wiederholte nun das Gitti-Frauerle und Heidjer fühlte sich sehr gedrängt, eine Entscheidung treffen zu müssen. Immer lauter wurde der Lärm des Sperrmüllfahrzeugs, als wolle es den armen Heidjer verschlingen. Da ließ er die Pfanne dann doch fallen; denn - obwohl sie wirklich besser duftete als Filou - war er sich doch bewusst, dass Filou ein weicherer Schlafkumpan war.

Filou und Heidjer und die Anatomie

An manchen Tagen schloss sich Gitti-Frauerle beim Gassi-Gehen mit ihren beiden Dackeljungen anderen Hunde-Frauerlen mit deren Hunden an. An sich hatten Filou und Heidjer nichts dagegen, sofern die Mischung stimmte. Und die stimmte leider nicht immer.

Heute zum Beispiel waren Frau Neumann aus der Maulbeerstraße dabei mit dieser schnippischen Lena, ein hässliches geflecktes Vieh und zwei Köpfe höher als Filou. Lena alleine ging ja noch; aber richtig fies wurde sie, wenn ihre

Schwester Ikea dabei war vom Roßbergring. Die beide zusammen nahmen sich so ziemlich alle Frechheiten heraus, die man sich vorstellen konnte.

Während sich Filou und Heidjer besagte Blicke zuwarfen, tuschelten und kicherten Lena und Ikea dauernd miteinander. Instinktiv spürten Filou und Heidjer, dass die beiden etwas gegen sie ausheckten und stellten deshalb ihre Lauscher auf halb Zwölf. Und wirklich schnappten sie einige Wuffer auf, die sie gar nicht nett fanden. Aber am schlimmsten war Ikeas: "Lügen haben kurze Beine" und Lena höhnte "...und einen dicken Kopp, hö- hö..."

Heidjer erstaunt: "Wasch ischt dann eine Lüschen?" "Ach-was-was-was..." beschwichtigte ihn Filou, "hör bloß nicht auf diesen uralten Oma-Quatsch!" Aber Heidjer blieb hartnäckig: "Kurtsche Beine", dasch klingt luschtisch, ober, ober isch denk, dasch ischt nischt luschtisch, gell Filou?" Ikea und Lena kicherten nun wieder und tuschelten unverständliches Zeug. Nur eines war zu verstehen, und zwar das Wort "Liliputaner". Da rastete Filou vollends aus und trat Ikea in die Seite: "Halt endlich Dein Schandmaul. Du siehst doch, dass du den Kleinen ganz durcheinander bringst!" Ikea machte einen Seitensprung und grummelte mit den Zähnen: "na is doch wahr, dass Dackel diese

Erbschuld in sich tragen!" Heidjer war sprachlos: "Isch hob koine Schulden", vergewisserte er gegenüber Filou und Ikea. Aber eigentlich hatte er noch immer nicht verstanden, worum es ging.

Als Filou und Heidjer abends einträchtig im Körbchen kuschelten und noch ein bisschen über den Tag plauderten, fiel Heidjer der Gassi-Gang mit Frau Neumann ein und das mit den Lügen und kurzen Beinen! Und da begann sein Herzchen zu klopfen, ganz schnell. "Du, Filou", begann er zögernd, "wasch hat Ikea gemeint mit den Lüschen und den kurzschen Beinen?" Filou reckte seinen Kopf zu Heidjer und begann: "Weißt Du, so genau weiß ich es auch nicht. Aber mein Onkel Kauz hat mir erzählt, dass einer unserer Ur-Ur-Ur-Ahnen, die noch längere Beine hatten, den Lieben Gott angelogen hat. Und zur Strafe hat er ihn in der Höhe etwas gekürzt!" Heidjer rappelte sich hoch und war fassungslos, "ober, ober wo wir dosch schooo brav schind und niemalsch lüschen..." Resigniert drehte sich Filou auf die Seite, stupste Heidjer noch mal an und sagte: "Es ist nun mal so, wie es ist, Heidjer, aber der Liebe Gott hat uns sicher sehr lieb, sonst hätte er uns nicht so ein schönes Zuhause gegeben." Heidjer schenkte Filou einen dankbaren Blick: "Isch find meine Beinsche schöön; und deine ausch!" Sprach's und legte sein Köpfchen auf Filous Rücken und schlief mit einem lang gezogenen befreienden Seufzer ein.

Filou und Heidjer und die Beingeschichten"

Tschi" machte Heidjer und noch einmal "Tschi-Hissa!" schnaubte er und seufzte tief, "ooch, meine Nasche isch dodal tzschu", schniefte er und aus den Äuglein rannen ein paar Tränchen. Filou hockte sich neben ihn und leckte ihm das rechte Öhrchen: "Draußen haben sie Schweinejauche gefahren; das lähmt alle Riechnerven. Du versäumst also gar nix", versuchte er ihn aufzuheitern. "Oober, oober, jetsch kriesche isch dosch diesche ganschen Beingeschischten nischt mit" jammerte Heidjer. Und Filou konnte ihm da nur beipflichten.

Beingeschichten. Menschenbeine erzählen Hunden Geschichten und Schicksale, die in keinem Buch stehen. Diese Duftkompositionen auf Hosen, Strümpfen oder der glatten Haut entlarven Hundefeinde, Katzenfans, Angsthasen, Tierquäler, Ignoranten, Scheinheilige und echte Herrchen und Frauchen, die für fast alles Toleranz entwickeln. Menschen ohne Geschichten am Bein mögen meist keine Tiere; sie scheuchen sie weg, sie waschen sich dauern und präparieren sich mit künstlich duftenden Sprays, die jede Hundenase beleidigen.

Ohne diese Beingeschichten fühlt sich ein Hund hilflos, sein Gegenüber in Gut und Böse einordnen zu können. Die Postfrau - Frau Jeschke zum Beispiel - streichelt jeden Hund. Dieser Kollektiv-Duft aus Quer-Zeilhard entwickelt bei Filou und Heidjer immer ein Vertrauen, dass Frau Jeschke unbehelligt den Garten betreten darf. Sicher, sie trägt auch etliche Katzenhaare an sich - von Mona, Kasimir und Felix - die sich ständig anbiedern, wie bekannt ist. Aber durch Frau Jeschke erfahren Filou und Heidjer auch, wenn irgendwo ein neuer Hund eingezogen ist oder eine Katze. Sie riechen, ob es sich dabei um jagdbare Angsthasen, um aufmüpfige Schaumschläger oder um gleichwertige Kollegen handelt, mit denen man mal etwas zusammen aushecken und sogar eine echte Freundschaft entwickeln könnte.

Als es plötzlich an der Haustüre klingelte, schoss Filou gewohnheitsgemäß zur Türe, während Heidjer niesend und mit einem Kribbeln in den Nasenlöchern ramdösig im Körbchen liegen blieb. An der Tür stand Nachbarin Ute, wie meist mit Geschichte-losen Beinen; es sei denn, sie wäre vorher bei Winni oder Manga gewesen. Aber so sehr Filou auch schnupperte und schnupperte: Er las nichts außer Duschlotion, Fußkreme, einen Hauch von Knoblauch und ein bisschen salzigen Ute-Schweiß. "Die arme Ute riecht heute mal wieder richtig leer", berichtete er Heidjer, "...aber das können wir ja ändern", kicherte er dann verschmitzt und er begann ihre Beine abzuschlecken, dass sie sich vor Kitzeln wand. "Gibscht ihr ausch ein Küsschchen von mir", feuerte Heidjer seinen großen Bruder an. Und Filou schleckerte über die Ferse hoch zu den Waden und rundum übers Schienbein und dann wieder vorne an den Zehen, bis ihn Ute wegdrückte. Doch Filou blieb ihr auf den Fersen."

Und wie riescht schie jetzscht?", wackelte Heidjer aufgeregt hinter Filou her. "Jetzt", strahlte Filou, "...jetzt riecht sie gut und vertrauenswürdig, eben wie ein richtiger Dackel!".

Filou und Heidjer und der Autoknacker

"Wir verreisen" freute sich Filou, "schau Heidjer, das Auto steht hinten schon offen. Lass uns reinspringen und zugucken, wie sie uns suchen!" "Au fein verschtecken un schu gucken" wiederholte Heidjer entzückt. Und schwupps hüpften die beiden in den Kofferraum und Filou zog, weil Heidjer ja keine Zähne mehr hat, mit der Schnauze die grüne Hundedecke über ihre Köpfe. "Wir dürfen sie aber nicht zu lange suchen lassen, sonst kriegen sie Angst" flüsterte Filou. Und Heidjer antwortete leise "blosch finf Minute, pscht-pscht".

Es waren noch keine zwei Minuten vergangen, da klappte die Kofferraumtür zu, ohne dass jemand nach ihnen gerufen hatte. Das irritierte die beiden doch sehr. Nun sprang auch noch der Motor an. Und noch immer hörten sie nichts, weder die Stimme vom Jäger-Pappi noch die vom Gitti-Frauerle. "Sie lassen uns zur Strafe zappeln", flüsterte Filou, "weil wir sie reinlegen wollten". Heidjer jammerte fast lautlos: "un wenn schie unsch jetscht nischt mehr lieb haben?"

"Warum fahren sie denn so schnell", stieß Filou hastig hervor, "ich bin doch kein Rennfahrer" und eine Kurve warf ihn nach Links. "Feschthalten" raunte Heidjer, aber da flog er schon in die andere Ecke. Reifen quietschten. Das Auto hielt abrupt an und fuhr wieder schnell los, dass es die beiden durcheinander wirbelte. "Da stimmt doch was nicht", entsetzte sich nun Filou und lugte vorsichtig unter der Decke hervor. Und tatsächlich saß da ein wildfremder Mensch am Lenkrad.

"Wir sind entführt" flüsterte Filou seinem Stiefbruder zu und "Psst - kein Mucks - da vorne sitzt ein fremder Kerl." Schreckerfüllt stammelte Heidjer: "Huuh - entführt, dasch ischt tscha forschtbar! Wasch maken wir denn jetscht?" Filou überlegte. Dann schlug Heidjer vor: "Wir schpringen ihn an und beischen." Und schon wollte er sich unter der Decke freistrampeln. Aber Filou hielt ihn zurück, "nönö", wuffelte er ihm ins Ohr, "dann schmeißt er uns raus, wir brechen uns womöglich die Pfoten und das Auto ist auch weg. Nein, nein, uns muss was anderes einfallen!"

In diesem Moment hielt das Auto. Schweißnass harrten die beiden unter ihrer Decke aus, bis das Türschloss klappte. Vorsichtig linste Filou unter der Decke hervor und erkannte, dass sie an einer Tankstelle standen. Der Dieb, ein rotblonder junger Mann mit Hakennase, ging zur Zapfsäule und kehrte mit dem Zapfhahn zurück. Da duckte sich Filou schnell unter die Decke und kroch nun in die andere Richtung. Die Decke gab den Blick frei in die Fahrerkabine. Und Filous Hoffnung bestätigte sich: Die Autoschlüssel steckten im Zündschloss.

"Heidjer-Heidjer", rief er seinen Bruder heran, "jetzt müssen wir ein Kunststück machen, ohne es geübt zu haben!" Heidjer robbte heran und spitzte mit seinem Schnäuzchen unter der Decke hervor. "Wasch scholl isch maken" flüsterte er stimmlos. "Also ich springe jetzt auf die

Zentralverriegelung", sagte Filou, "und wenn ich aber den Hebel nicht genau erwische, bleibt er oben, aber der Kerl hat mich gesehen. Dann musst Du sofort auf den rechten Hebel springen. Ist das klar?"

Auf „eins, zwei, drei" stürmte Filou auf den Fahrersitz und sprang auf den Hebel der Zentralverriegelung. Und es klappte. Mit einem

satten Flopp verschwand der Hebel im Türrahmen und parallel dazu der Riegel im Kofferraum. „Huijuijiu" schnappte Filou nach Luft, „das war aber knapp" und zuckte zusammen, weil sich draußen eine massige Gestalt aufbaute und am Autotürgriff rüttelte. Filou und Heidjer fletschten die Zähne und schimpften vor Angst mit lautem Bellgewitter.

Nun trat auch der Tankwart ans Auto und fummelte mit einem langen Draht herum. Er schob ihn am oberen Rahmen zwischen Gummi und Scheibe durch und versuchte mit der Schlinge am Ende den Hebel der Zentralverriegelung zu packen. Da packte die zwei Hunde die wilde Wut. Sie warfen sich mit ihren Pfoten gegen den Draht, fletschten Gift und Galle aus ihrem Maul und quittierten das mit beißendem Bellgelärm.

"Nein, so geht das nicht", sagte der Tankwart, "da muss die Feuerwehr ran und am besten auch die Polizei" und griff zum Handy. "Ja, die Polizei" wuffte Filou und auch Heidjer bläkte "die Polizschei, die Polizschei!!!"

Die folgenden Stunde verging damit, dass immer mal jemand an die Fensterscheibe klopfte und Filou und Heidjer wie zwei losgelassene Löwen auf die Gegner hinter der Scheibe losfauchten und sich die Zunge aus dem Hals bellten.

Aber dann näherten sich zwei Gestalten, die ihnen doch sehr bekannt vorkamen: "Uff" atmeten die beiden erleichtert auf; denn am Fenster standen nun Gitti-Frauerle und der Jäger-Pappi und lachten. Dann schlossen sie die Türe mit Ersatzschlüssel auf und Filou und Heidjer fielen ihnen in die Arme und schleckten ihnen vor Dankbarkeit das Gesicht ab.

"Unsere schlauen Jungs" lobte sie der Jäger-Pappi, "und so tapfer" schloss sich das Gitti-Frauerle an und verteilte leckere Kau-Streifen an beide. Und einen Wasser-Napf hatten sie auch mitgebracht. Mmh, die beiden schlabberten und schlabberten und merkten erst jetzt, wie durstig sie doch gewesen waren.

Ein Stückchen abseits beim Polizeiauto stand der Autoknacker mit Handschellen. Wie ein geölter Blitz jagte Heidjer auf ihn zu und bremste kurz vor ihm. Dann hob er elegant sein Beinchen, pinkelte dem Autoknacker auf die Schuhe und lief zum Auto zurück. "Erledischt" zwinkerte er Filou zu. Und alle vier fuhren glücklich nach Hause.

Filou und Heidjer und das Fliegen

Nachbarin Ute war zu Besuch und kraulte die beiden Dackeljungen abwechselnd, aber am meisten Filou, der sich neben ihr auf dem Sofa räkelte, seinen Kopf an ihren Schoß drückte und mehrfach versuchte...aber lassen wir das. Jedenfalls nahm Ute immer wieder sein Gesichtchen in die Hand, blickte ihm tief in die Augen und sagte: "was für ein hübscher Kerl Du bist". Und sie strich ihm die Stirnhaare nach hinten, kraulte seinen Hals und seine Brust. Und Heidjer schaute zu.

"Wasch schie bloosch mit Dir hat", flüsterte er zu Filou, "immer knutscht schie nur mit Dir!" Filou räkelte sich und wuffte zurück: "Mich kennt sie doch viel, viel länger als Dich. Und Du warst auch meistens zickig zu ihr!" "Iss doch gar nischtwahr", muckte Heidjer zurück, "isch bin nischt zickisch!"

"Weißt Du was, Gitti", unterbrach Ute plötzlich ihr Streicheln und breitete Filous Ohren aus, als sei er eine Fledermaus. "Filou sieht aus wie der Glücksdrache aus der Unendlichen Geschichte!" Filou horchte auf: "Hast Du gehört, Heidjer, ein Glücksdrache, ein Glücksdrache!" "Pöh", machte Heidjer, "schoo ein Kwatsch. Dasch schieht toch eine Blindschleische, dasch Du ein Dackel un keen Drasche bischt."

Ute streichelte Filous Köpfchen immer wieder und hielt seine Ohren mit zwei Fingern wie zwei Flügel aufgespannt. "Wahrscheinlich fliegt er heimlich", flüsterte sie zum Gitti-Frauerle, "...nachts, wenn ihn keiner sieht!" Und das Gitti-Frauerle wiegte den Kopf bedächtig hin und her und meinte: "Wer weiß, wer weiß!" Und dann lachten sie beide.

Als die Nacht anbrach, der Jäger-Pappi und das Gitti-Frauerle schlafen gingen, saß Filou aufgeregt im Körbchen und überlegte. Konnte er im Schlaf wirklich fliegen? Hatte ihn das Gitti-Frauerle gesehen? Er fragte Heidjer. Aber der murmelte nur schlaftrunken: "Ei, du fliescht vielloischt in ä Pfütz oder uff de Naas!" Und da war er schon eingepennt.

Filou stieg aus dem Körbchen und überlegte. Wie könnte er ausprobieren, ob das mit dem Fliegen klappt? Da kam ihm eine Idee. Er stieg auf die erste Stufe der Treppe zum nächsten Geschoss. Dort versuchte er seine Ohren auszubreiten und landetete nach einem kleinen Sprung sicher und heil auf dem Boden. "Das ist nicht hoch genug", konstatierte er und stieg auf die zweite Stufe. Nun setzte er mehr Kraft in seinen Sprung, aber die Ohren wollten sich nicht richtig breit machen. So landete er immer noch reichlich sanft auf dem Boden. Aber von Fliegen keine Spur.

Erneut erkletterte er die Treppe, dies mal bis zur vierten Stufe. Er holte noch mal tief Luft, sprang nach vorne und versuchte, mit den Ohren zu rudern. Aber die Schwerkraft zog ihn wie einen Stein nach unten auf einen kleinen Läufer aus Wolle. Kaum war Filou auf ihm hart gelandet, setzte sich der Läufer in Bewegung und fuhr wie ein fliegender Teppich gegen das Schuhschränkchen. Es macht "Bumm" und Filou schlug mit dem Kopf gegen das Holz. "Aua" fluchte er. Davon wurde Heidjer wach und kam sofort angedackelt, ob er ihm helfen könnte.

"Wasch machscht Du denn?" fragte er schlaftrunken und schüttelte nur den Kopf. Oben auf der Treppe ging das Licht an. Der Jäger-Pappi hatte das Gewehr im Anschlag. "Alles klar, Jungs" rief er hinunter. "Alles klar" bellten beide zurück und sprangen ins Körbchen. Da verlöschte das Licht wieder und die beiden saßen im Dunkeln.

Nach einer Weile begann Heidjer zaghaft: "Kannscht Du wirklisch fliesschen?" Filou zögerte eine Weile mit seiner Antwort. Heidjer stupste ihn an: "saach doch, kannscht Du fliesschen?" Da ließ sich Filou mit einem Seufzer auf sein Knautschkissen ins Körbchen fallen, kramte umständig seine Decke in Falten und antwortete lakonisch: "wie Du schon sagtest...uff de Naas!"

Filou und Heidjer Besuch bei Tina

An einem sonnigen Sonntagnachmittag beschlossen der Jäger-Pappi und das Gitti-Frauerle ihre Freunde Bernd und Christiane zu besuchen. "Kommt Jungs", rief das Gitti-Frauerle und schnalzte mit den Hundeleinen. "Au fein" wuffte Filou und sprang aus dem Körbchen, während Heidjer noch ein bisschen schlafmützig hinterher hörte, um was es eigentlich ging. Aber bei Bernd und Christiane fiel ihm sofort Tina ein, die Ich-weiß-nicht-was- Hundedame mit der rotblonden Lockenmähne; obwohl - die Jahre sah man ihr auch schon an.

Und so dackelten die Vier den Roßbergring hoch. Filou und Heidjer setzten an jeder Hundehaustür eine Hallo-Marke; einen Pfiff für Tasso, einen für Mathilde, einen am Gartenzaun von Cindy und einen am Transformatorenhäuschen, wo sich immer die Streun-Katzen trafen.

Tina wartete schon am Gartentörchen, sprang hoch und bellte freudig: "...endlich mal was los.

Kommt rein, kommt rein!" Filou steckte seine Nase in Tinas Lockenpracht und musste niesen. "Hiarchtschi", zerriss es ihn fast, "was haben sie Dir denn in die Haare gesprüht. Das riecht ja ätzend menschlich!" Und auch Heidjer wandte sich angeekelt ab: "Bäh, Du stinkst wie der Pudel von Friseur Größer". Tina war ärgerlich: "Was kann ich denn dafür, wenn meine Menschen diesen Duft mögen und Ihr nicht!". "Stimmt", gab ihr Filou Recht, "Du kannst tatsächlich nichts dafür. Aber lass uns im Garten Rollen und Räkeln, damit Du wieder etwas anständiger riechst. So wie Du jetzt duftest, pieselt Dich jede Katze an."

Also rannten die drei um das Haus, spielten Fangen rund um die Terrasse, auf der nun ihre Menschen saßen und redeten und lachten. "Hoppla" gluckste Filou, sprang auf Tinas Rücken und drückte sie nieder ins Gras. "Isch aach" johlte Heidjer und sprang auch noch drauf wie bei den Bremer Stadtmusikanten. "Aua-Aua" jaulte Tina, "ihr seid doch nicht aus Pappe", wälzte beide Dackel ab und blieb rücklings liegen. Nun schnappte sich Heidjer ein Tina-Ohr und begann zu kauen, während Filou ihr den Bauch leckte. "Ferkel, Du", zischte Tina und legte sich flugs auf den Bauch. "Das habe ich gerne", meinte Filou lakonisch, "erst anmachen und dann die Zicke spielen!"

Und auch Heidjer verdrehte die Augen und bellte aus dem Maulwinkel "zickisch-zickisch-zickisch!"

Eine Weile gingen sich die drei Hunde aus dem Weg. Tina ließ sich von seinem Frauchen kraulen. Heidjer schnupperte hinter einer frischen Katzenspur her, die am Komposthaufen endete. Und Filou kratzte sich, weil ihn irgend etwas juckte. "Iieh, ein Zeckengarten" schimpfte er und versuchte, das Spinnentier an seinem Bauch abzukratzen. "Hau ab", fluchte er und schleuderte die Zecke von sich.

Tina kam zurück. "Wo schläfst Du eigentlich", fragte Filou und Tina wuffte ganz aufgeregt: "Nein, ich zeig Dir mein Schlafkörbchen nicht". Filou zog die Augenbrauen hoch und entgegnete: "keine Sorge, Du bist mir sowieso viel zu alt und faltig!" Inzwischen schackerte Heidjer durchs Haus und ließ sich von allerlei Düften leiten, auch von Tinas Fressnapf. "Hau ab" kreischte hinter ihm Tina, "das ist mein Betthupferl". Heidjer warf einen Blick auf die paar Bröckchen Fresserle, zuckte mit den Schultern und kicherte: "bäh...das schieht sowiescho aus wie vorgekaut!"

"Heidjer, Filou" erklang nun die Stimme vom Jäger-Pappi. "Auf, auf, wir gehen heim", rief er seine Jungs. Das kam denen gerade gelegen und sie konnten es kaum erwarten, bis die Haustüre aufging. Grußlos wollten sie davon stürmen. Aber Tina rief ihnen noch versöhnlich zu: "Tschüss, bis zum nächsten Mal!" Filou und Heidjer drehten sich ungläubig um. Da saß Tina ein bisschen geknickt und wusste nicht, wohin sie schauen sollte. Da tat sie ihnen leid und deshalb rief Filou "Ciao Bella". Und Heidjer warf hinterher „Ciao cara mia!" Ein Lächeln huschte über Tinas Schnauze.

Als Filou und Heidjer abends im Körbchen Platz nahmen und sich für die Nacht einrichteten, quatschten sie noch ein bisschen über den Besuch bei Tina. "Vielleicht hatte sie ihre Tage", grübelte Filou. Aber Heidjer war sich ganz sicher: "Nee, Tina ischt eine Zschicke und fusseln tut sie auch!"

Filou und Heidjer und der Schreck im Feld

Heidjer, der kleine Dackeljunge, erwachte tief in der Nacht durch ein Grummeln in seinem Bauch. Ihm war, als würden Handkäs-Taler darin herum rollern. Und immer wenn zwei zusammenstießen, machte es "Upps" und "Poach" und dann zog ein kleiner Schmerz durch seinen Rücken und entlockte Heidjer einen Seufzer: "Uih".

Filou, sein älterer Stiefbruder, räkelte sich herum im gemeinsamen Körbchen und fragte schlaftrunken: "Kannst Du nicht schlafen?" Heidjer seufzte wieder: "..es rumpelt und pumpelt in moin Boichle, isch glaab, isch muss emoll"

"Ohjee" stöhnte nun Filou; "da wollen wir mal das Gitti-Frauerle wecken. Die wird sich freuen..." Heidjer weinte fast: "Isch darf misch nischt schtark bewesche, sonscht passiert was?" Also hüpfte Filou die Treppe zum Schlafzimmer hinauf. Er setzte sich neben das schlafende Gitti-Frauerle und schabte an der Zudecke. "Filou, was ist", ertönte die Frage aus dem Dunkeln, und Filou bellte so leise er konnte. Da wusste sein Frauerle schon, dass sie aus dem Bett musste. Um den Jäger-Pappi nicht zu stören, schlichen sie beide die Treppe hinunter zur Terrassentür. Heidjer kam ganz langsam aus dem Flur. Und kaum war die Türe zum Garten geöffnet, sauste er hinaus und machte sein Geschäft, während Filou neben dem Gitti-Frauerle sitzen blieb.

"Das hast Du aber gut gemacht", wurde er gestreichelt und gelobt. Heidjer kam zurück mit peinlichem Gesichtchen. "Mein armer Heidjer" erhielt auch er ein paar Streicheleinheiten und wurde ins Körbchen zurück begleitet. "Nun schlaft mal gut", sagte das Gitti-Frauerle und eilte nach oben.

Filou war erst kurz wieder eingeschlafen, da stupste ihn Heidjer wieder an und weinte: "Isch muss schon wieda..." Filou setzte sich auf und überlegte. Nein, das Gitti-Frauerle konnte er nicht schon wieder wecken. Also setzte er sich dieses Mal an die Bettseite vom Jäger-Pappi und tappte mit seiner Pfote nach dessen Hand. Nichts passierte. Filou stellte sich auf die Hinterpfoten und leckte dem Jäger-Pappi die Hand, bis der munter war. "Psst" sagte der, "wir müssen ganz leise sein" und schlich mit Filou die Treppe hinunter. Doch als er zum Garten gehen wollte, drängte ihn Filou zur Haustüre. Er fand es einfach besser, dass Heidjer nicht wieder an den nächsten Busch ging, sondern sich im Feld richtig ausleeren konnte.

Der Jäger-Pappi seufzte, aber er sah die Notwendigkeit wohl ein. "Lauft mal schon los", flüsterte er, "ich komme gleich nach". Und da jagten die beiden aus der Haustüre, um die Ecke und aufs Feld.

Inzwischen hatte der Nachtwind die Wolken verschoben und plötzlich rissen sie auf und der Vollmond schickte einen breiten Lichtstrahl herunter. Da erschraken Filou und Heidjer mächtig; denn plötzlich stand mitten im Feld eine weiße Lichtgestalt. Mit lautem Gebell rannten sie darauf los, um sie zu verscheuchen. Doch da hörten sie eine bekannte Stimme: Es war der Jäger-Pappi im weißen Bademantel. Voller Freude sprang Filou an ihm hoch. Doch die Wucht seines Sprungs brachte den Jäger-Pappi ins Schlingern und er rutschte aus. Nun war der Bademantel, wie man sich denken kann, nicht mehr sehr weiß. Der Jäger-Pappi fluchte und trieb die beiden zum Heimweg an.

Zu Hause war alles hell erleuchtet aber niemand zu Hause. Filou und Heidjer suchten alle Räume ab. Im Schlafzimmer roch noch alles nach bettwarmem Gitti-Frauerle. Aber kein Frauerle da. Bestürzt guckten sich die drei an. Da nahm Heidjer die Fährte auf: vom Bett, die Treppe hinunter in den Garten, an den Holz-stapeln vorbei, auf die Straße und zum Feld, wo sie gerade gewesen waren. Da stand das Gitti-Frauerle mit ausgestreckten Armen und geschlossenen Augen. "Der Mond" flüsterte Filou zu Heidjer und "Gitti-Frauerle ist mond-süchtig". Da nahm der Jäger-Pappi das Gitti-Frauerle ganz sanft am Arm und führte es nach Hause, die Treppe hoch und legte sie ins Bett.

Filou und Heidjer schlichen bewegt die Treppe hinunter und verkrümelten sich in ihrem Körbchen. Am nächsten Morgen dachten alle vier, dass sie die Nacht im Feld nur geträumt hatten. Nur der Jäger-Pappi musste sich eine Ausrede ausdenken, warum sein weißer Bade-mantel so schmutzig war.

Filou und Heidjer und der Unheimliche

Als Filou und Heidjer am Morgen die Treppe in den Garten hinunter liefen, witterten sie sofort etwas Fremdes. Es lag in der Luft und es hing an der Treppe, es waberte zwischen den Geranien und Zucchinis: ein fremder Hund.

Nach stummer Vereinbarung nahmen sie die Fährte auf. Heidjer kundschaftete die Spur zur Straße aus. Durch das Törchen konnte er nicht gekommen sein; nur darüber gesprungen. Ein Schreck überkam ihm, dem Kleinen, der noch nie über das Törchen hatte springen können. Das musste ein Riese sein, der sich hier verewigt hatte.

Filou recherchierte die andere Richtung und ließ seine Nase im Staudengarten den Boden absuchen. "Pfui-Teufel" fluchte er, hier unter die Datura hat er richtig gekackt. Das war doch wirklich nicht nötig!" Die Mauer zu Brills war sauber, schnupperte er. Also suchte er in Richtung Graben weiter. Und tatsächlich, hier befanden sich mehrfach fremde Duftmarken, rötliche Haarbüschel und geknickte Ästchen.

Entnervt trafen sich Filou und Heidjer an der Vogeltränke. "Es schtinkt", drückte Heidjer seine Entrüstung aus. Und Filou fügte hinzu "Es stinkt bestialisch nach Eindringling". Ihre hilflosen Blicke begegneten sich. Was war zu tun? "Wir müssen unser Domizil schützen", appellierte Filou an Heidjer. Und der Kleine fragte wissbegierig: "Was isch ään Domziel. Hot des wos mit Kerch zum dun?" Filou schüttelte sich, als wolle er ein paar hundert Ameisen aus seinem Fell werfen: "Ach Heidjer, Du musst wirklich noch viel lernen. Ein Domizil ist ein Zuhause, unser Zuhause. Und da müssen wir doch aufpassen, dass es uns niemand wegnimmt!"

"Noja, er is tja bloß dorschgegange", beschwichtigte Heidjer seinen Bruder. Er hatte

einfach keine Lust, sich wieder auf Detektivgeschichten einzulassen, in denen er immer den Aufpasser spielen musste. Doch Filou nahm ihn gleich an die Kandarre und entwickelte einen Plan: "Ab sofort bleibt einer von uns immer im Garten. Dann werden wir den Eindringling erwischen und für alle Zeiten verjagen!" Heidjer saß schülerhaft vor Filou und versuchte, sich in den Plan hineinzudenken. "Jagen, das können wir ja. Und dann holen wir den Jäger-Pappi und der schießt ihn tot!" "Quatsch" warf Filou ihn seine Entrüstung um die Ohren, "man darf doch nicht auf Hunde schießen. Ich will doch auch nicht erschossen werden, nur weil mir an einer fremden Stelle ein Tröpfchen abgeht!"

"Uih", wisperte Heidjer, "da wär isch oober scher traurig". "Das will ich aber auch hoffen", keifte Filou zurück. "Aber zurück zum Thema. Wer fängt an mit der Patrouille?" Heidjer schwieg. Filou guckte ihn inständig an. Heidjer reagierte: "Isch konn des net, isch waaß net was een Patrolium isch!" Filou stuppste ihn in die Seite. "Also gut, ich fange an. Ich laufe immer vom Zäunchen zur Datura und zurück zum Staudengarten. Und wenn das Telefon klingelt, wechseln wir ab. Dann kommst Du in den Garten und ich darf ins Körbchen!"

"Okai" rief Heidjer und verabschiedete sich ins Körbchen, hoffend, dass sich das Telefon Zeit lassen würde. Und es ließ sich. Gitti-Frauerle hatte nämlich vergessen, den Hörer richtig aufzulegen. Und wenn das Telefon nicht irgendwann richtig aufgelegt wurde, dann läuft Filou noch immer im Garten auf und ab, auf und ab.

Filou und Heidjer ganz schön in der Bredouille

Eigentlich begann der Tag so harmlos und nett. Filou und Heidjer erwachten aus angenehmen Träumen. Gitti-Frauerle und Jäger-Pappi waren guter Laune. Draußen schien die Sonne. Es war warm. Ein leichtes Lüftchen strich über den Weg. Herrliche Duftmarken signalisierten Friede, Freude, Hundekuchen.

Doch spätestens auf dem Feld, kurz vor dem Buchenhof, zogen für Filou und Heidjer Gewitterwolken auf. Keine echten, sondern in Gestalt eines riesigen Rüden, eines Hünen, dessen Duftmarke ihnen völlig unbekannt entgegen wabberte und nichts Gutes verhieß.

Gitti-Frauerle nahm beide an die Leine und sprach beruhigende Worte: "Bleibt mal schön bei mir; dann tut er Euch nix!" Doch irgendetwas warnte Filou und Heidjer und sie stellten die Lauscher auf Hochfrequenz. Ihre Nackenhaare richteten sich auf und sie fuhren sich mit der Zunge noch einmal über die Zähne, als könnten sie sie damit schärfen, um einen Angriff abzuwehren.

"Was sind denn das für Rennwürste", hörten sie den Bullen nähern; der zerrte gewaltig an seiner Leine, die am stählernen Halsband hing. Eine junge Frau hielt sich daran fest. Sie konnte dem Zug des Hundes nur mit Mühe Stand halten. Filou flüsterte zu Heidjer: "Wenn er nach einem von uns schnappt, geht der andere ihm an die Eier, verstanden!" Und Heidjer raunte zurück: "Verschtande!" Immer näher kam der Koloss. Und auch dem Gitti-Frauele wurde etwas mulmig. Sie blieb stehen und befahl: "Platz!". Doch das war den beiden Dackel-Jungen zu piefig. Sie setzten sich zwar brav, aber vor das Gitti-Frauerle und nahmen den Riesenkerl frech ins Visier.

Filou bellte ihn an, "Mach mal nicht so ein Gedöns, sondern stell Dich erst mal vor, wenn Du neu in unserem Revier bist". "Guten Morgen" erklang die sanfte Stimme der Hundeführerin, "ihre Hunde brauchen keine Angst zu haben, Hasso sieht nur so gefährlich aus. Er tut ihren Kleinen nichts!" "Guten Morgen", erwiderte das Gitti-Frauerle, "sind Sie zu Besuch oder neu?". Die sanfte Stimme erwiderte: "Wir sind gerade in den Goldbergring gezogen". Filou wuffte erneut: "Wir waren zuerst da!" Der Große brummte: "Halts Maul, jetzt zeig ich Euch mal, wer hier der King ist!" Nun traute sich auch Heidjer: "Wann de fresch werscht, beiß isch Dir de Eier ab!"

Der Große zuckte zusammen. Aber weil sich an ihm die Nackenhaare nicht hochstellten, erkannten Filou und Heidjer, dass er eine größere Klappe als Mut und Selbstbewusstsein haben musste. Deshalb reichten sie gleich nach: "Großmaul", zischte Filou, "wir sind hier eine richtige Gang und werden Dir erst einmal Manieren beibringen!" Und Heidjer bewegte seine Gaumen, so als hätte er noch Zähne und würde dem Großen an die Eingeweide gehen!"

"Hasso tut nichts", bekräftigte die Sanfte erneut und zog ihr Kalb etwas näher an sich. Das jedoch deutete durch ein leichtes Zittern seiner Schnauzhaare Heimtücke an. Und dann passierte etwas, womit keiner gerechnet hatte. Mona, das Luder, die graue Perserkatze von der Taubenstraße, pirschte sich von hinten an und nahm Panterstellung neben Filou ein. Hasso explodierte völlig und riss sein Frauchen mit sich. "Er ist allergisch auf Katzen", rief es noch im Hinterher-Rennen.

Filou und Heidjer grinsten. Dann blickten sie Mona tief in die Augen und bedauerten, dass sie an der Leine hingen. Aber einer Katze zum Dank etwas Ablecken? Igitt! Die trollte sich langsam davon und maunzte: "Undank ist der Welt Lohn!"

Filou und Heidjer und der Mund im Himmel

"Kommst Du noch mal mit raus in den Garten", schubste Filou Heidjer an. Doch der zeigte kein sonderliches Interesse. Filou baggerte weiter: "Schau nur, wie schön der Mond scheint!" Heidjer guckte mit langem Hals um die Tür, machte schnell kehrt zurück ins Wohnzimmer und verkroch sich auf die Sitzbank hinter dem Kachelofen.

Filou war es schon häufiger aufgefallen, dass sein kleiner Stiefbruder alle paar Wochen richtig komisch wurde am Abend. Aber er konnte es nicht einordnen. Doch heute wollte er es wissen. Er sprang zu Heidjer hoch; doch der drehte seinen Kopf weg, als wolle er nicht mit ihm sprechen. Jedoch Filou ließ nicht locker: "Nun sag doch, warum Du nicht mit hinaus läufst. Tut Dir was weh?" Aber Heidjer schwieg eisern. Immer wieder stupste Filou ihn an und bohrte mit Fragen, bis Heidjer schließlich doch sein Gesicht zu ihm drehte. Es war das Gesicht eines ängstlichen, weinerlichen Dackeljungen.

"Oh mei", dachte sich Filou, "der hat vor irgendetwas Angst" und laut wuffte er zu Heidjer "nun sag schon, wovor Du Angst hast. Ich helfe Dir doch!" Heidjer druckste ein bisschen herum und begann dann: "isch hoob Angscht

85

voor die grooße Schnauze am Himmel. Die will misch fresse!" Filou zog die Stirne kraus und überlegte: "Was für eine große Schnauze meinst Du?" Heidjer schluckte einen Kloß in seinem Hals hinunter und flüsterte: "Pscht, sonscht kann sie uns babbeln hören!"

Filou wurde nun ungeduldig, blieb aber im Flüsterton: "Wo ist denn hier eine Schnauze am Himmel?" Und Heidjer flüsterte zurück: "Sie isch fascht immer do, oober mal gansch kloin, und dann wird schie größscher und größscher, bis das Maul gansch grosch ischt wie heute, als ob es misch verschlinge möscht. Und dann tu isch warte, een oder zwee Taach, un dann werdse wieder kloiner!"Filou schüttelte den Kopf, um diese Worte zu sortieren, weil sie ihm keinen Sinn gaben. Dann sprang er vom Kachelofen herunter, lief auf den Balkon und suchte die angebliche Schnauze. Er rannte die Treppe hinunter in den Garten und lugte in alle Himmelsrichtungen; er verrenkte sich regelrecht, stieg auf seine Hinterbeine und kippte mehrmals um, aber er konnte partout nichts sehen. Er durchpflügte die Zucchinipflanzen, lief Slalom um die Tomaten und stocherte im Basilikum. Er kletterte auf die Holzstapel, durchschnüffelte die Heide und den Rhododendron. Nichts.

Wut stieg in ihm auf, weil er sich vergackeiert fühlte. So raste er die Treppe wieder hoch, sprang zu Heidjer und kniff den ins Ohr. "Ich habe alles, alles abgesucht. Keine Schnauze zu sehen; weder am Himmel noch auf der Erde. Ich glaube, Du spinnst!" Heidjer seufzte und sein Herz schlug ihm bis in die Nasenspitze. "Oober, oober du hilfscht mir, wann sie mir wasch tun will..." fragte er ängstlich und fügte, weil Filou grimmig schaute, ein leises "bidde-bidde-bidde" hinzu. "Okay" wuffte Filou, "also komm!"

Wieder bremste Heidjer am Türstock, dehnte seinen Hals und guckte in den Himmel. Er zuckte zurück und flüsterte: "Doo, doo, die Schnauze ganzsch grooß und ganzsch gelb und ganzsch weit auf!" Filou schaute nun in die gleiche Richtung. Aber da war nur der Mond: rund und prall, eben Vollmond. Da ging Filou ein Licht auf. "Was bist Du bloß für ein dummer kleiner Kacker", kicherte er, "Heidjer, das ist doch der Mond!" "Ja, ja" - nickte Heidjer, "und der Mund macht immer auf und zschu!"

"Mond" knurrte Filou, "nicht Mund. Und der macht auch nicht auf und zu, sondern wird groß und klein." Heidjer guckte ihn argwöhnisch an und dann immer wieder auf den Mond. "Das ischt kein Mund, keine Schnauze?", fragte er nochmals. "Nein" knurrte Filou ungeduldig. "Oober, oober" erregte sich Heidjer erneut, „dann ischt es sischer een Loch im Himmel, in das mer enoi sterze könne! Isch halt die Sach fer gfährlisch!"

Im Wohnzimmer saßen das Gitti-Frauerle und der Jäger-Pappi am Fernseher und sahen die Schlussnachrichten an. "Es ist Vollmond", sagte das Gitti- Frauerle, "wahrscheinlich krieg ich kein Auge zu!" Da schubste Heidjer Filou an und sagte nur "siesscht!"

Filou und Heidjer und keine Geschichte"

Ute schreibt heut keine Geschichte", mit diesen Worten weckte Filou Heidjer, der ein bisschen auf der Terrasse gedöst hatte. "Ooooch", sagte der mit viel Bedauern, "ei warum dann nit? " Filou setzte sich neben ihn und kratzte sich umständlich: "Na, sie hat keine Zeit, sagt sie; muss heute Leni in Frankfurt besuchen. Und die hat Geburtstag".

"Leni", fragte sich Heidjer, "wer ist eigentlich Leni. Kenn isch die?" Filou zuckte mit den Schultern "irgend so eine Verwandte mit grauen Haaren. Ich hab sie vor einigen Jahren mal gesehen. Sie hat aber keinen bleibenden Eindruck hinterlassen". Heidjer setzte sich nun auch auf: "Oober, oober, dann hat unser Jäger-Pappi heut ja gar koine Geschischte von uns", sinnierte er traurig.

Filou dachte nach, flitzte plötzlich davon und kam nach einigen Minuten mit einem Foto zurück. "Guck mal" sagte er und breitete vor Heidjer ein Foto hin. "Uihh" machte Heidjer,

bin das isch als Baby?" "Nein-nein" lachte Filou, "das bin ich als Kind!" Heidjer studierte das Foto konzentriert und fragte dann mit einem zugekniffenen Auge "...un wer isch das blonde Mädsche, hä?" "Das" - und dabei schleckte sich Filou andächtig über die Nase - "das war meine erste große Liebe!" Heidjer schaute lange auf das Foto, bis er die Schnauze öffnete und leise wuffte: "Ei was fier a schee

Mädsche! Oober, oober was hat des mit unser Gschischt zum dun?" "Ganz einfach", sagte Filou, "dieses Bild geben wir dem Jäger-Pappi mit, damit er sich an die Reise auf dem Schiff durch Holland erinnert. Das ist fast so gut wie eine Geschichte.

Filou und Heidjer auf der Insel Pellworm

Als sich das Auto Husum näherte, mussten Filou und Heidjer immer häufiger niesen. "Die werden doch keinen Schnupfen kriegen", äußerte sich der Jäger-Pappi beängstigt. "Hört sich fast so an" antwortete das Gitti-Frauerle und schaute ihren zwei Gumminasen tief in die Augen. "Hiatsch" machte es und Heidjer quollen vor Anstrengung fast die Augen über. Aber nach dem Nieser fühlte er sich irgendwie frei in der Nase und lächelte wie ein Betrunkener, der einen Hicks loslassen konnte.

"Benimm Dich" zischte ihm Filou zu. Doch dann spürte auch er so ein Bizzeln in der Nase und schniefte angestrengt nach Luft: "Hiah-hiah-hi-ah...". "Halt die Luft an" rief ihm Heidjer noch zu. Aber das passierte es schon: Filou zerplatzte bald die Nase bei diesem Nieser: "Hrriatschiii". Filou fühlte die Hand vom Gitti-Frauerle auf seiner Nase. "...ist aber gar nicht heiß", hörte er. "Ich bin ja auch nicht krank", wuffte Filou, "mir kitzelt nur die Seeluft an der Zunge"; aber das konnte das Gitti-Frauerle leider nicht verstehen.

"Uhi", stammelte Heidjer auf der Fähre nach Pellworm, "wo soll isch dann hier Pipi mache? Da isch ja ka Baam un ka Busch!" Filou grinste vor sich hin; denn im Gegensatz zu Heidjer, war er schon einmal auf einem Schiff gefahren. Aber dann tröstete er den Kleinen doch: "Kneif mal noch'n bisschen. Wo das Wasser zu Ende ist, kommen auch wieder Bäume und Büsche!"

Heidjer lauschte aufgeregt dem Brummen der Motoren unter seinem Bauch. Die Planken unter seinen Pfoten vibrierten. Und er hatte große Angst vor diesem Haus, das sich immer nach rechts und links neigte. Wie war er doch froh, als das Schwanken und das Brabbeln der Planken aufhörte und nur wieder das Auto und der pfeifende Jäger-Pappi zu hören war.

"Hch-mh-interessant", räusperte sich Heidjer am nächsten Morgen, als er das fremde Ferienhaus genauer untersuchte. Im Velours stichelten Haare von mindestens drei verschiedenen Katzen; aber der Geruch war schon ziemlich abgestanden. Frische Mäuse-Köttel dokumentierten, dass sich die Mäuse unbedroht fühlten. Filou hingegen konnte sich nicht entscheiden, welches der vielen Sofa-Kissen er als Präsentier-Kissen für sich reservieren solle. "Bäh, die riechen alle so chemisch", würgte es ihm im Hals und er beschloss, sein Apportier-Training vorrübergehend einzustellen.

Hei, wie war es lustig, als sie dann zum Deich-Spaziergang aufbrachen. "Mir flieschen tscha die Ohre wesch", rief Heidjer begeistert gegen den Wind. "Guck mal, die Frack-Diener da vorne", brüllte Filou und nahm Kurs auf die Wasserlinie, wo sich Hunderte von Austernfischer den Bauch in der Sonne wärmten. Mit Gekreische erhoben sie sich portionsweise in die Luft, sie schrieen "Tüt-tüt-tüt üst düser Tüp", kreisten ein Mal über Filou und ließen sich dann weit hinter ihm wieder am Wasser nieder.

Nun liefen Filou und Heidjer an die Wasser-kante und verbellten die Wellen. Sie sahen darin Nixen und neckische Wasserquirle ihnen die Zunge bläken. "Komm eraus, Du Nikschje" lockte Heidjer, "isch ztscheig Dir, wo der Spar-gel blüht!". Und Filou schnuffte um ein Paar Muscheln und versuchte, sie abzuknabbern! Aber da wurden beide schon gerufen, und es ging heimwärts.

Wie freuten sich die beiden schon auf den Nachmittag. Ohne Leine liefen sie weit voraus über den Deich. "Hau ab" plärrte Filou einem

Deichschaf zu, das sich ihm in den Weg stellte. Und auch Heidjer fühlte sich gebremst von einem Schafbock, der sein Revier verteidigen wollte. Aber dann waren sie beide durch und rannten zur Wasserlinie und blieben verdutzt stehen.

"Das Meer is ja wech", flüsterte Heidjer verdutzt und blickte auf den Horizont. "Tscha", nickte Filou mit dem Kopf, "das Meer hat sich zurück gezogen, weil Du heute früh so gelärmt hast!" "Werklisch" fragte Heidjer mit angehaltenem Atem. Auf diesem Spaziergang schlupfte Heidjer kein Wort mehr aus dem Schnäuzchen. Und siehe da, beim nächsten Deichspaziergang war das Meer wieder da.

Filou und Heidjer und die Hundstage

Wie ein Heizstrahler brütete die Sonne in den letzten Augusttagen. Gitti-Frauerle hatte selbst tagsüber die Jalousien zu zwei Dritteln herunter gelassen, damit die große Hitze so gut wie möglich draußen blieb.

"Nur nicht zu schnell bewegen", hatten sich Filou und Heidjer vorgenommen. Sie dösten im zweiten Körbchen unter dem Küchentisch, wo es viel kühler als im Wohnzimmer und Flur war. "Ruck mer net so nah", röchelte Heidjer zu Filou, der sich gewohnheitsgemäß an ihn lehnte. Filou wurstelte sich also wieder hoch und kringelte sich am anderen Ende des Körbchens, den Kopf über den Korbrand hängend. "Heeach" stöhnte er dabei und seine Zunge hechelte sich Luft zu wie ein Ventilator.

Plötzlich sprang er hoch und schüttelte sich: "Nee, das is ja nicht zum Aushalten, diese Hitze. Ich zieh mich in den Keller zurück!" Sprachs und trollte sich die Treppe hinunter. Heidjer blickte ihm trüben Auges nach, gähnte herzhaft und streckte sie wohlig auf den Rücken. "Endlich Platz", dachte er nicht ohne schlechtes Gewissen. Aber trotzdem war es ihm immer noch viel zu warm.

"Heidjer, Filou" erklang nun die Stimme vom Jäger-Pappi, "kommt in den Garten. Dann dürft ihr unter den Rasensprenger!" Heidjer, der das hörte, war nicht zu halten. Er sprang aus dem Körbchen, raste die Treppe in den Garten hinunter und stellte sich unter den Beregner. Gierig reckte er seinen Kopf in den kühlen Regen. Dann räkelte er sich auf den Rücken und ließ sich auch noch den Bauch beregnen.

"Ja wo ist denn unser Filou", fragte der Jäger-Pappi. Er suchte ihn im ganzen Haus und fand ihn unter der Kellertreppe. "Komm Filouchen" rief er ihn, "wir planschen im Garten". Das ließ sich Filou nicht zwei Mal sagen. Er nahm den direkten Ausgang über Omas Terrasse und stellte sich auch unter den Beregner. "Hättste ja auch was sagen können", warf er Heidjer vor, "oder glaubst Du, dass das ganze schöne kalte Wasser nur für Dich ist?"

Heidjer guckte ganz schuldbewusst. "Isch hob es glatt vergesse in de erschte Luscht. Kannscht Du mir noch emoll verzeihe?" Filou zwinkerte ihm zu und zeigte seine Zähnchen. "So, genug" rief der Jäger-Pappi und stellte das Wasser ab. "Ooch" jammerte Heidjer und siehlte sich schnell noch mal im nassen Gras. Aber dann schüttelte er sich aus Gewohnheit und streifte alles Wasser von sich. Wie ein Strahlenkranz flog es davon. Und erneut machte Heidjer bedauernd "Ooch!"

Filou wollte es besser machen. Er robbte mit dem Bauch ganz dicht über den Boden, um ja noch viel Nässe aufzunehmen. Dann hielt er die Luft an, um seinen Schüttelreflex zu unterdrücken. Aber es durchfuhr ihn wie ein Nieser und war nicht aufzuhalten. Die schönen kühlen Wassertropfen spritzten in alle Himmelsrichtungen. "Hihi", lachte Heidjer, "es isch eifach net aufzuhalte, gell!" Nun blieben die beiden unter dem Sonnenschirm im Garten liegen. Die Fliesen waren noch etwas nass vom Wassersprenger. Aber eine halbe Stunde später war es ihnen wieder so warm wie vorher. "Wie kriegen wir bloß das Wasser an", überlegte Filou angestrengt und die Zunge hing ihm aus dem Maul. Da kam Heidjer eine famose Idee: "Weischt Du was? Wann mer jetzscht so dun, als wie wann mer Pippi mache misse, dann gange mer ins Feld. Un wann mer uns donn werklisch rischtisch dreckisch mache, donn derf mer aach wieda unna de Reschner!"

Filou grinste erst ihn an und dann das Gitti-Frauerle, das jetzt mit Gassi dran war. Die ahnte ja nicht im Traum, dass der nächste Gassi-Gang eine schlimme Schlammschlacht werden würde. Aber wie sagt man so auch unter Dackeln: "Not macht erfinderisch!"

Filou und Heidjer und Nachbars Garten

Noch um 19 Uhr war es schwül und heiß; und das schon seit Tagen. Deswegen zögerte Gitti-Frauerle das Abend-Gassi so lange hinaus. Und während der Jäger-Pappi mit dem Gartenschlauch von Rose zu Engelstrompete ging, stürmten Filou und Heidjer zur Haustüre hinaus. "Halt" rief da das Gitti-Frauerle, "...erst müssen wir noch bei der Ute gießen. Die ist doch verreist!" Filou und Heidjer stiegen in die Bremse, machten kehrt und rannten hinter

Gitti-Frauerle her.

"Hei", juchzte Heidjer, "jetscht kommen wir endlisch mal wieda zu Ute und Bernhard". Und Filou trollte sich hinterher und murmelte: "...aber bei denen riecht es so keimfrei wie in einer Schlafzimmer-Schublade!"

"Dass ihr mir nicht herumpieselt..." ermahnte das Gitti-Frauerle. Filou und Heidjer konnten das gar nicht verstehen, wo es hier doch keinen anderen Hund gab und sie Ute und Bernhard heiß und innig liebten und gerne eine Visiten-karte zurück gelassen hätten. "Also kneif zu", riet Filou seinem jüngeren Stiefbruder und stresste sich selbst auch mächtig. Zu gern hätte er ein duftendes Kränzchen hinterlassen; denn er glaubte fest daran, dass Ute und Bernhard dies als lieben Gruß bemerken würden.

Richtig hundefrei, merkten die beiden, war Utes Garten aber nicht. Irgend ein Stromer, den sie auch nicht kannten, war wenigstens vor drei Stunden hier herumgestrolcht. Und vier Katzenstraßen mussten überquert werden. Da war auch eine Spur von Igel. Und ein Marder hatte vor kurzer Zeit herumgestänkert. Wäh-rend Filou im feuchten Farn herumstrich, guckte sich Heidjer im Gewächshaus um.

"Oooh", hörte er einen lang gezogenen Seuf-zer. Aber niemand war zu sehen. "Oooh" erklang es wieder und "...ich kann mich kaum noch halten", ertönte es schwach von der gläsernen Giebelwand. Heidjer war baff: Das Stöhnen kam von einer Schlangengurke, die lang und schwer fast auf den Boden hing. Die Blätter hingen schlaff und müde an ihr herunter. "Soll ich Dir 'was Pippi machen", fragte Heidjer die Gurke, doch die seufzte noch lauter "...bloß nicht, das brennt doch immer so. Mach höchstens Deinem Frauerle klar, dass sie uns nicht vergessen darf."

Heidjer flitzte aus dem Gewächshaus und begann wild zu bellen. "Halts Maul" hörte er von Filou, der brav und ohne Interesse hinter seinem Frauerle herlief. Doch Gitti guckte auf das Gewächshaus und sagte laut:..."ach ja, das Gewächshaus", und damit waren die Gurken gerettet. Heidjer hörte sie durstig das Wasser einsaugen und hochpumpen. Die Blätter entfalteten sich wieder und die unterste Gurke war so voll getrunken, dass sie "Upps" laut rülpsen musste.

Vor Schreck drehte Heidjer um und rannte aus dem Glashaus, dabei hopste er über die Petersilie, die rief "verpiss Dich!" Heidjer blieb stehen und warf zurück: "...darf ich doch nicht!" Dann sah er Filou und rannte weiter, mitten durch die Vogeltränke. "Tolpatsch" ertönte es vom Birnbaum von einer Amsel, "jetzt hast Du uns das ganze Badewasser verschwappt!

Heidjer guckte nach oben. In diesem Moment löste sich eine Birne und rauschte durch die Blätter genau auf Heidjers Kopf. "Autsch", jammerte der und rieb sich die Beule. Und dann biss er in die Birne und schmetterte sie weit von sich: "So", zürnte er, "das hascht Du nun davon!"

"Heidjer" rief nun das Gitti-Frauerle von der Eingangspforte und war schon am Gehen. Und auch Filou rief "Mensch Heidjer, komm endlich!" Da sprang Heidjer blind über alles, was sich in den Weg stellte, auch über das hochgewachsene Heidekraut, das ihn wohlig am Bauch kitzelte. "Lass das, Erika", gurgelte er kitzelig.

Filou und Heidjer und der Schwarze Mann

An einem Vormittag, als die beiden Dackeljungen mal wieder auf sich allein gestellt waren, trödelten sie auf der Sofa-Rückenlehne herum und guckten aus dem Fenster. Heidjer zählte Vögel und Filou sah den Wolken zu, wie sie in Fetzen über den Himmel zogen. Plötzlich stellte er seine Pupillen schärfer; denn auf dem Flachdach von Familie Ringer bewegte sich etwas, was er nicht kannte. "Heidjer, Heidjer,

guck doch mal", störte er seinen kleinen Stiefbruder beim Vögel-Zählen, „...bei Ringers
krabbelt ein schwarzes Tier auf dem Dach!"

Nun kniff Heidjer seine Äuglein zusammen
und fokussierte scharf auf Ringers Dach. Tatsächlich kroch da ein schwarzes Tier fast auf
allen Vieren über den Kies, richtete sich dann
auf die Hinterpfoten und guckte in den
Schornstein. "Er bricht", stammelte Heidjer
aufgeregt. "Nee", korrigierte ihn Filou, "der
bricht nicht, der bricht ein! Ein Einbrecher."
Heidjer überlegte und fragte: "Is dann das
Dach nicht fest?" Pause. Filou begriff die Frage
nicht. Heidjer packte nach: "Wann er ein-
bricht, dann isch das Dach nisch fescht genug, oder?"

Jetzt begriff Filou den Denkfehler von Heidjer
und ranzte laut: "Mensch Heidjer, der bricht ins
Haus ein, weil er klauen will!" Heidjer zuckte
zurück. "Uih, das darf man doch gar nischt!"
"Richtig", konstatierte Filou, "und deshalb
müssen wir nun besonders aufpassen, damit er
nicht auch auf unser Dach steigt!" Sprachs und
legte sich weiter auf die Lauer. Nach einer
Weile verschwand die schwarze Gestalt wieder.
Wohin, sahen die beiden nicht.

Filou stierte weiter durchs Fenster, während
Heidjer den Vorgang schon längst vergessen

hatte. Da klingelte es an der Haustüre. Mit ge-
wohntem Lärmkonzert jagten die beiden in den
Flur und erschraken. Durch die Butzenscheiben der Haustür erkannten sie das schwarze
Tier von Ringers Dach. Deshalb rappelten sie
sich geschwind herum und versteckten sich
hinter einer Kommode. Wieder klingelte das
schwarze Tier und klopfte mehrmals auf den
Holzrahmen. Jeder Klopfton ließ Filou und
Heidjer erzittern, als habe man ihnen auf den

Kopf geschlagen.

"Das ist ein Schwarzer Mann" flüsterte Filou
zu Heidjer. Das hat mir meine Mammi erzählt.
Der Schwarze Mann hat einen schwarzen Sack
mit und fängt Hunde ein." Heidjer sah Filou
entgeistert an und wusste nicht, was er sagen

sollte. Der Schwarze Mann indes klebte einen Zettel an die Scheibe und ging wieder. "Er hat das Haus markiert", keuchte Filou atemlos, "damit er uns wiederfindet!" Heidjer bekam kreisrunde Äuglein. Und ein Kloß saß ihm im Hals. So hockten die beiden verschüchtert hinter der Kommode und erschraken heftig, als die Haustüre ging. Vorsichtig linsten sie um die Kommode und sahen zu ihrer Erleichterung das Gitti-Frauerle heimkommen.

"Na, habt Ihr was ausgefressen" fragte sie, die Liebste aller Frauerlen. Da kamen die beiden angeschlichen und schauten so traurig, wie ein Dackel nur schauen kann. Der Schock saß ihnen noch tief in den Fersen. Und der Stein, der auf ihrem Herzchen lag, wollte so gar nicht recht herunterplumpsen. Da klingelte es erneut an der Türe. Filou und Heidjer erkannten durch die Butzenscheiben wieder den Schwarzen Mann. Doch nun erwachte ihr Mut und sie kläfften und keiften gegen die geschlossene Türe; denn schließlich hieß es nun, das Gitti-Frauerle zu beschützen.

"Aber, das ist doch bloß der Schornstein-Feger" wurden sie beschwichtigt. "Das ist doch ein Glücksbringer" und Gitti-Frauerle öffnete die Tür. Da stand ein rabenschwarzer Mann mit schwarzer Mütze und einem kohlschwarzen Gesicht und entblößte seine weißen Zähne.

102

"Na, Ihr Raubtiere", begann er das Gespräch mit Filou und Heidjer, "nun lasst mich mal an den Kamin, damit im Winter alles in Ordnung ist und ihr es schön warm habt!"

Filou und Heidjer verkniffen sich jeden Wuff, hielten den Schwarzen Mann aber mit den Augen im Schach. Erst ging er in die Küche, dann in den Keller. Dann schaute er in den Kamin im Flur. Und zu guter Letzt stieg er mit dem Gitti-Frauerle die Treppe hoch und kletterte aufs Dach. Filou und Heidjer saßen treu und brav neben ihrem Frauerle und beobachteten jede Bewegung. "Alles okay" rief er von oben herunter. Und als er wieder in der Küche ankam, beschrieb er einen Zettel und Gitti-Frauerle gab ihm Geld. "Lösegeld" stammelte Heidjer, der sowieso immer zu viele Krimis mitguckte. Filou wusste darauf keine Antwort und begleitete den Fremden argwöhnisch zur Tür. Der bückte sich dort noch einmal und fuhr Filou übers Fell: "Na siehst Du", sagte der, "hat doch überhaupt nicht weh getan!" Filou ertrug die Berührung mit zusammen gekniffenen Zähnen.

Als der Fremde gegangen war, sprang Filou zu Heidjer ins Körbchen. Doch der kniff die Nase zu: "Iih, du schtinkscht ober wie oine Räuscherwurscht!" Filou: "Also, erstens riecht eine Räucherwurst gut und zweitens - hast du doch gehört - das ist ein Glücksbringer. Also mach Platz, Kleiner, hier kommt das Glück!" Sprachs und machte sich gaaanz breit im Körbchen.

Filou und Heidjer und das Gewitter

An einem heißen Nachmittag im August zogen dunkle Wolken auf, die nichts Gutes zu verheißen schienen. Filou und Heidjer merkten davon freilich nichts; denn beide dösten vor sich hin, Filou auf dem Balkon unter dem Sonnenschirm und Heidjer unter einer Tanne im Garten. Als es das erste Mal von Ferne vom Himmel grummelte, flüchtete Filou sofort ins Wohnzimmer und verkroch sich unter einem Sofakissen. Heidjer indes träumte gerade von der Jagd auf Gummibärchen und bezog die Gewittergeräusche in seinen Traum ein.

Doch das Gewitter kam immer näher. Aus dem fernen Grummeln wurde ein Rumpsen und Donnern. Und als der erste Donnerschlag wie aus einer Kanone ertönte, begriff auch Heidjer schlagartig, dass er sich im falschen Film befand. Zitternd stand er auf den Beinen, während um ihn Blitze zuckten. Und so raste er unter das nächstmögliche Dach, das sich ihm bot: eine an einem Stein lehnende umgedrehte

Zinkwanne.

Keuchend legte er sich auf den Bauch und versuchte sein schnell pochendes Herzchen zu beruhigen. "Ei isch hob doch nüscht gemakt", versuchte er sich selbst zu beruhigen; denn es ging ihm wie allen Hunden, dass sie Gewitter als Bestrafung empfinden. Wieder donnerte es und dann klopften dicke Regentropfen auf die Zinkwanne, dass dem armen Heidjer die Ohren dröhnten. Immer lauter trommelte es über ihm und er sah durch einen Spalt im Boden. "Jetzt werfe die aach noch mit Schneebäll'", weinte er, weil er nicht wusste, was Hagelkörner sind. Und weil die Hagelkörner immer näher kamen, setzte er sich ruckartig auf und stieß mit dem Kopf gegen den Wannenboden. "Boing" machte es, und während er nach einer Erklärung für das "Boing" suchte, stieß er erneut an den Wannenboden. "Boing-Boing" machte es wieder und dann "Miau".

Vor lauter Schreck vergaß Heidjer zu bellen. Seine Augen durchdrangen die Dunkelheit und da entdeckte er doch tatsächlich Mona, das Katzenluder, im gleichen Versteck. Sie drängte sich an das äußerste Ende der Wanne und hatte zur Tarnung ein Auge zugekniffen. Der sonst so mutige Heidjer verstand sich selber nicht. Da hockte er ausgerechnet mit Mona unter einem Dach und ihm fiel partout nicht ein, was zu machen sei. Und während von oben die Hagelkörner auf die Wanne schlugen und Donner und Blitzschläge herunter droschen, hielten die beiden ungleichen Vierbeiner vor Angst die Luft an. Einer beäugte den anderen, um ja rechtzeitig losschlagen zu können, wenn sich einer von ihnen auf Angriff in Positur stellen würde. Und so hielten sie sich eine ganze Weile gegenseitig im Bann, bis das Gewitter nachließ.

Heidjer holte tief Luft. Und auch Mona entspannte sich erleichtert, ohne Heidjer aus den Augen zu lassen. Dann kehrte eine Spur von Selbstbewusstsein in ihr zurück. "Du bist ja ein Angsthase", konstatierte sie vorsichtig. "Du vielleisch", erwiderte Heidjer frech, "isch bin mutig. Isch wollte mir nur nischt das Fell nasch maken." Mona überlegte: "Ich bin auch nur aus Zufall unter der Wanne. Ich habe hier nämlich nach Mäusen gesucht." Heidjer kicherte, aber man merkte ihm an, dass es ein Verlegenheitskichern war. Das machte Mona mutig. "Gib mir vier Sekunden vor und ich bin verschwunden", schlug sie vor, um die Situation abzuschließen. Heidjer überlegte, wie er Mona an Selbstsicherheit übertrumpfen könnte. Da kam ihn irgendetwas von Gentlemen in den Sinn: "Von mir aus kannscht Du im Tango-Schritt davon schpazieren. Isch vergroife misch doch nischt an oiner überängschtigten Katze!" Mona ließ sich das nicht zwei Mal sagen und jagte davon.

Heidjer spitzte nun auch unter der Wanne hervor und sah Filou die Treppe herunter springen. "Ooch mein armer Heidjer", wuffte der mitleidvoll, "hast du wieder so viel Angst vor dem Gewitter gehabt?" Heidjer setzte nun eine spitzbübische Miene auf und flunkerte nur so drauf los: "Uih, isch doch net, isch hob die Mona erschreckt. Die hat unner der Wann gehockt und vor Angscht gebibbert. Filou guckte irritiert, besann sich dann aber, trippelte nun langsam um Heidjer herum und säuselte: " Höhmmh...Lügen haben eben doch ganz kurze Beine!"

Filou und Heidjer und die Himmelhunde

Das Spätnachmittags-Schläfchen von Filou und Heidjer auf dem Balkon fand ein jähes Ende; denn irgendetwas machte laut "Pooop-Pfff" und noch einmal "Poop-Pfff". Dann verdunkelte sich der Himmel. Wie von der Tarantel gestochen sprangen Filou und Heidjer auf die Beine und stierten nach oben. Da hing eine riesige bunte Kugel über dem Haus.

In Todesangst versuchten beide, diesen Eindringling über ihren Köpfen zu verbellen. Und alle Hunde der Nachbarschaft halfen ihnen mit. Aber die Kugel erwiderte nur immer wieder "Pooop-Pfff" und Pooop-Pfff". Und dabei blitzte ein Feuerschweif aus ihrem Maul, vor dem Filou und Heidjer immer wieder in Deckung gingen. "Das sind Himmelhunde", jaulte Filou, "...siehst Du auch das Körbchen darunter?" Heidjer wagte sich hinter einem Mauervorsprung hervor und linste nach oben. "Himmelhunde?" fragte er fassungslos und "...hebbe de oi Erlaubnis zum Drieberfliesche?".

Wieder machte es "Pooop-Pfff" und der Feuerblitz ließ sich sehen. "Wann das bloß kei Drach isch...", hechelte Heidjer und kroch mit Deckung unter den Gartenhecken weiter, weil sich auch der Himmelhund weiter bewegte. "Hallo" klang es da von oben herunter, und Filou und Heidjer setzten erneut mit einer Bell-Kanonade ein. "Bleib wo Du bist" schimpfte Filou hinauf in den Himmel. Und auch Heidjer schickte eine gebellte Ladung Zorn hinauf. Und wirklich - der Himmelhund stieg und stieg und war bald nicht mehr zu sehen. "Wir sind noch ganz gut", meinte da Filou zu seinem kleinen Stiefbruder. "Nu hamma se verjaascht", strahlte auch Heidjer ganz stolz.

"Filou, Heidjer" rief da der Jäger-Pappi, "wir machen noch eine Runde. Also los an die Halsbänder!" Wie freuten sich da die beiden und kamen mit den Lederbändern im Maul gerannt. Die anderen Hunde sollten doch sehen, dass sie richtig eigene Menschen besitzen, die sich von ihnen an der Leine ausführen lassen. Doch draußen im Feld erschraken die beiden sehr: Der Himmelhund hing genau über der Stelle, wo sie immer Kacka machten. Filou sträubte das Fell und zog in eine andere Richtung. Heidjer hingegen war neugierig geworden und fühlte sich im Beisein vom Jäger-Pappi sicher. "Stell' disch net so aa..." zischte er Filou zu, "Mir sän doch net allaa...".

Langsam senkte sich der Himmelhund mit seinem Körbchen zu Boden. Es war viel höher als ihr eigenes Körbchen. Nun machte es noch einmal "Pooop" und dann ganz lange "Pfffffff". Und auf einmal kletterten fünf Menschen aus dem Körbchen und lachten und sprangen auf den Himmelhund herum, dass er zusammenfiel wie ein durchgebissener Ball. Kein Geräusch war mehr zu hören und kein Feuerdonner. Er sank in sich zusammen und lag wie eine flache Hundedecke auf dem Stoppelfeld.

Nachts träumte Heidjer, ihr Hundekörbchen hinge an einem Himmelhund und wurde hoch über den Garten hinauf zum Mond gezogen. Immer kleiner wurde das Haus vom Jäger-Pappi und dem Gitti-Frauerle. Und unten im Garten stand Filou und bellte sich die Zunge aus dem Halse. Schweißnass erwachte Heidjer, leckte sich erst einmal das Fell trocken. Filou schlief tief und fest und bewegte die Beine, als würde er im Traum über Stock und Stein springen. In Heidjer indes wirkte der Traum noch immer nach. Er überlegte: "Wann die misch hole täte, dann beiß isch die Schnür am Körbsche dorsch!" Wieder versuchte er einzuschlafen. Doch der Traum ging ihm nicht aus dem Kopf. Da kletterte er vorsichtig aus seiner Kuhle und tastete mit der Nase den gesamten Körbchenrand ab, ob sich da irgendwelche Bänder oder Schnüre befänden. Nichts. Trotzdem: Heidjer schlabberte in der Küche noch eine Portion Wasser, für den Fall, dass der Himmelhund doch.....und wenn er dann Durst kriegen würde.....und dann steckte er seine Schnauze noch mal in den Rest seines Fressnapfes...man könnte ja auch Hunger kriegen.... "Nun schlaf doch endlich", brummte Filou, als Heidjer erneut ins Körbchen hopste. "Isch hob fier alles gesorscht", sagte der sich und schlief nun beruhigt ein.

Filou und Heidjer und der Geburtstag

Große Ereignisse werfen für Menschen ihre Schatten voraus. Hunde hingegen fühlen lange vor den Schatten, dass sich etwas anbahnt. Auch Filou und Heidjer beobachteten seit Wochen gewisse Änderungen, Heimlichkeiten, Tuscheln am Telefon und an der Türe. Gitti-Frauerle passte plötzlich höllisch auf, dass die beiden Dackeljungen nicht in bestimmte Schubladen schauen und in gewohnten Ecken stöbern konnten. Es türmten sich Päckchen und Tütchen, Beutel und Taschen mit bunten Bildern. Aus all diesen geheimnisvollen Abläufen schlossen Filou und Heidjer goldrichtig und Dackelschlau-schlau: der Jäger-Pappi hat bald Geburtstag.

"So ein junger Spund"...redete Filou über sein Herrchen, "...erst 58 Jahre alt, und ich bin schon über 70". Heidjer rechnete ein wenig und frohlockte: "...ober, ober isch bin noch jünga!" "Und dümmer", fuhr ihm Filou schmunzelnd über die Schnauze. Heidjer legte sein Dackelgesicht in Falten und jammerte wie immer: "Ooch, Du bischt ja sooo gemein!" Sein Nuscheln hatte sich fast ganz gegeben, seit die Wunden seiner gezogenen Zähnen verheilt waren. Er konnte mit dem Gaumen sogar Filou wieder ins Ohr knippen. Und das tat er auch sofort.

"Au", fauchte Filou, "wie soll man dabei denken, wenn Du Dich wieder wie ein Lausejunge benimmst, fuhr er den Kleinen an! Ich muss schließlich nachdenken, was wir dem Jäger-Pappi schenken!" Nun legte auch Heidjer sein Gesichtchen in Dackelfalten und grübelte. Aber es fiel ihm nichts ein. Da seufzte er laut hörbar, legte sich auf den Rücken, streckte alle Viere nach oben und überlegte weiter. "Esch könnt Ebbes aus'm Wald soin", dachte er laut so vor sich hin, "vielleicht ein Sträußchen Erika mit frischen Hasenküddeln", schwärmte er. "Nein-nein", wehrte Filou ab, "alleine kommen wir doch gar nicht bis zum Wald. Aber wie wäre es mit einem hübschen Tannenzapfen. Den kriegen wir auch hier." Heidjer überlegte lange..."ober, ober originell ischt dös net", warf er ein. Doch dann ging Filou ein Licht auf: "Ich weiß, wie alt der Jäger-Pappi wird. Und weil es uns doch beigebracht hat, Zahlen zu lesen, dann könnten wir doch versuchen, seine Geburtstagszahl zu schenken!"

Heidjer stieß einen Schwall Atem aus: "Das wird aber schwer. Wo kriegen wir eine Fünf und einen Achter her?" Filou strengte erneut sein Köpfchen an. "Also eine Acht", wuffte er zögernd, ist wohl noch das Leichteste", erzählte er dem verdutzten Heider. "Ich stibitze dem Gitti-Frauerle eine Brezel. Das sind die Dinger, die sie manchmal am Montag mitbringt!" Heidjer tanzte fast auf den Hinterbeinen: "Ja, rischtisch, die Brezeln. Was bischt Du doch ein schlauer Bruder", schwärmte er. "Aber die Fünf. Wo sollten sie eine Fünf bekommen? "

"Der Kalender", fiel es plötzlich Heidjer wie Schuppen von den Augen. "Vor acht Tagen hing da noch eine Fünf, und die liegt jetzt im Papierkorb", feixte er vor sich hin und holperte ins Jägerzimmer. Doppelt so hoch wie Heidjer, baute sich der Papierkorb vor ihm auf. Doch mit einem Satz hatte er ihn umgeworfen und begann mit der Schnauze zu wühlen. Rechnungen lagen darin, zerknüllte Zettel und viele, viele Zahlen vom Kalender. Sorgsam drehte er alle Kalenderblätter um und fand tatsächlich die Fünf. Er klemmte sie sich zwischen die zahnlosen Gaumen und jagte zu Filou. "Gugg emoll, isch hob äh Fienf gfunne", strahlte er mit dem Zettelchen in der Schnauze.

Am nächsten Morgen holte Gitti-Frauerle wie jeden Montag frische Brezeln vom Bäcker. Filou und Heidjer schnupperten nach der Tüte auf dem Küchentisch. Zwar plagte sie das schlechte Gewissen, eine Brezel klauen zu müssen, aber es war ja für einen guten Zweck, beruhigten sie sich. Kaum waren sie alleine in der Küche, hoppste Filou auf Stuhl und Tisch, wurstelte die Papiertüte auf und holte eine

Brezel heraus. Die verstaute er sogleich im gemeinsamen Körbchen, wo auch schon der Kalenderzettel lag. Dann lief er zurück in die Küche, um sich sein Donnerwetter wegen der gemopsten Brezel abzuholen.

Am Morgen des Geburtstages war Lärm aus dem Hundekörbchen zu vernehmen; denn die beiden stritten sich fürchterlich. Filou und Heidjer wussten nämlich plötzlich nicht mehr, ob man Zahlen von Links oder von Rechts liest. So hoppsten sie die Treppe hoch zum Schlafzimmer und bauten sich vor dem Bett des Jäger-Pappis auf: Heidjer mit seiner Brezel und Filou mit seinem Kalenderblatt. Und der Jäger-Pappi rätselte und rätselte und rätselte und rätselte und dann erkannte plötzlich die Botschaft: Herzlichen Glückwunsch zum 85-sten.

Filou und Heidjer: Begegnung mit einer alten Dame

Gassi-Gehen war für die beiden Dackeljungen schon deshalb aufregend, weil es so viele Variationen eines Rundmarsches gab. Nie gingen das Gitti-Frauerle oder der Jäger-Pappi zwei Mal hintereinander den gleichen Weg. Das hatte den Vorteil, dass sich die Duftkette bei jedem Gang ganz neu schlängelte. Trotzdem gab es Strecken, die häufiger dran kamen und Strecken, die sie nur selten beschnuppern konnten.

Eine dieser weniger belaufenen Routen führte hoch zur Taubenstraße und dann zur Pferdeweide. Die Steigung verlangte Filou und Heidjer schon ein bisschen Wadenschmalz ab. "Ich hab heute zu viel gefressen", ächzte Filou den Berg hinauf. "Du und zvüll gfresse?", hechelte Heidjer ihm hinterher, "Du bischt doch schowischo bloosch oin Gerippe mit Fellsche!" Und während sie wie zwei Ackergäule das Gitti-Frauerle bergan zogen, nahm Filou eine Witterung auf, die ihn seltsam ängstigte. Heidjer sah, wie sich bei seinem Stiefbruder die Nackenhaare aufstellten und suchte vergeblich nach einer Gefahr. "Horch", sagte er, "was isch loos?" Doch Filou konnte die Nase nicht vom Gehsteig bringen, so stark zog ihn eine Duftmarke in ihren Bann.

Nun tunkte auch Heidjer seine Nase tiefer über den Asphalt und meldete lakonisch: "Ikea, Timmy, Manga und Mona das Luder; keine besonderen Vorkommnisse!" Das beruhigte Filou aber keinesfalls; denn inzwischen näherte sich ihm Manga mit Frauchen Gisela und er ahnte schon immer, dass mit Manga nicht gut Kirschen essen war. Filous Versuch, das Gitti-Frauerle auf die andere Straßenseite zu ziehen, quittierte diese mit einem Ruck an der Leine.

"Ich mag die Alte nicht", raunte Filou zu Heidjer, "ich fühle, dass sie etwas im Schilde führt, aber ich kann es nicht erklären!" Heidjer überlegte und antwortete: "Halt disch mal raus und lass misch machen!"

Filou ahnte es: Gitti-Frauerle und Gisela blieben stehen und ratschten sich fest. Notgedrungen mussten auch die beiden Dackel ein paar Höflichkeiten mit Manga wechseln. "Ei-guude-wie?" begann Heidjer unbefangen. "No bueno", lamentierte Manga traurig und "nix gut so, tengo mucho Sehnsucht a espania!" Filou horchte auf. Das klang ja überhaupt nicht angriffslustig. Und überhaupt: Manga war ziemlich alt geworden: Die Haare gingen ihr aus, um das Maul graute das Fell. Und irgendwie stand sie etwas zittrig auf den Beinen. Da fiel alle Angst von Filou ab und er bekannte: "Das tut uns aber Leid, Manga!"

Manga senkte den Kopf und schnupperte eine Etage tiefer an Filous Ohren, an seiner Nase und dann an seinem Hinterteil. "Jetzt ich wissen, wer du sein", rief sie nun zu Filou und ihr Gesichtsausdruck veränderte sich sogleich. Dabei klang ihre Stimme überhaupt nicht aggressiv, sondern sehr weich. "Du noch wissen unsere erste Begegnung?" fragte Manga Filou. Und der nickte heftig mit dem Köpfchen und erwiderte: "Soeben ist es mir wieder eingefallen: Ich war noch ein Baby und Du hast mich in den Rücken gebissen. Du, das hat richtig weh getan!"

Manga wiegte bedrückt den Kopf hin und her: "Todos solamente una Missverständnis", winselte Manga leise und wagte es nicht, Filou in die Augen zu sehen. Nun wurde Filou wieder selbstbewusster und mischte Manga mit lautem Gebell auf. Doch die blieb scheinbar teilnahmslos sitzen und ließ sich das Geschimpfe gefallen bis Filou einen Zug an der Leine spürte, der bedeutete: "Halts Maul!"

Filou schwieg zwar, setzte aber einen höchst impertinenten Gesichtsausdruck auf. Manga atmete schwer, seufzte und das, was sie nun erzählte, klang irgendwie glaubwürdig. "Ich damals denken, Du sein Mörder von meine Ninio"! Filou klappte der Unterkiefer herunter "Heh?" stieß er hervor. Und Heidjer äffte ihn nach "Heh?" und "was isch dann oin Ninio?" Mangas Zunge bebte und ihre Schultern zuckten von ungeweinten Tränen: "Mein Baby, mein Ninio-Baby...Perro....aleman...Hunde....aus Deutschland...sie töten mein Ninio...ich vergessen hatte, dass nicht in Espania, sondern in Deutschland!"

Dieses Geständnis kam Filou zwar ziemlich spanisch vor, aber auch irgendwie glaubwürdig.

Vor allem entwickelte er nach kurzem Nachdenken starkes Mitgefühl für die alte Manga,
die nun wirklich keine Gefahr mehr für ihn
ausströmte. "Beisch sie in die Wade", stichelte
Heidjer derweilen und umkreiste Manga, als
wäre sie am Marterpfahl. Weil dadurch die Leine zu kurz wurde, erhielt auch er einen Rüffel,
sich anständig zu benehmen. "Por favor", begann Manga, "Du nun verstehen?" Filou überlegte ein wenig. Und Manga fuhr fort:" Ich sein
alt und blind, will machen reinen Fressnapf. Du
nehmen mein Sorry?" Filou, sich seiner Vor-
bildfunktion gegenüber Heidjer voll bewusst,
überwand seine Zweifel und willigte mit "Si-Si"
in den Friedensvorschlag ein.

Manga war entzückt: "Habla espaniol?" fragte
sie aufgeregt? Und Filou antwortete cool: "Na
ja, in Spanien war ich auch schon mal." Und sie
hätten nun mit einem regen Gedankenaus-
tausch weiter gemacht, wäre nun nicht ausgerechnet das Gespräch zwischen Gitti-Frauerle
und Gisela zu Ende gegangen. "Hasta la vista",
rief Filou Manga noch hinterher". Und auch
Heidjer rief etwas, was er häufig in Spanien gehört hatte: "perro que ladrar no muerde".
Manga schmunzelte über diesen Spruch, hieß
er doch auf Deutsch: „Hunde die bellen, bei-
ßen nicht!"

Filou und Heidjer und der Abschied vom Jäger-Pappi

Am 26. August 2001 erwachten Filou und Heidjer von großer Unruhe im Haus. Es war duster. Draußen schlich sich die Nacht nur langsam von dannen und machte Platz für den Morgen. Es sollte ein sonniger, ein heißer Sonntag werden. Doch das frühe Telefon-Geklingel passte nicht zu diesem friedfertigen Tag.

Das Gitti-Frauerle kam eilig die Treppe herunter, füllte noch schnell die Wasser- und Fressnäpfe. Ihr Streicheln über die Köpfe der beiden Dackeljungen war fahrig, eher ein Wuscheln, wie von Jemanden, der keine Zeit hat. Dann schloss sich die Haustüre hinter ihr.

Filou und Heidjer guckten sich stumm an. Sie fühlten instinktiv, dass etwas geschehen war, das ihr Leben von nun an verändern würde. Sie saßen an der Haustüre und lauschten dem davon brausenden Auto nach. Die Stille danach schmerzte. Und es dauerte lange, bis Filou als erster Laute fand.

"Ich glaub, der Jäger-Pappi kommt nicht wieder. Er ist schon so lange weg und das Gitti-Frauerle weint so viel!" Erschreckt guckte ihn Heidjer an: "Oober, oober er isch doch imma imma wieda gekoomen; auch wann er gansch lang wesch war!" Filou senkte das Köpfchen und die Tränen flossen ihm über den Bart. Heidjer stupste ihn an: "Oober, oober wo isch er dann hiegegange! Mer könne ihm doch besuche!" "Nein, nein", weinte Filou weiter, da wo er hingeht, dürfen wir nicht hinein!" Heidjer überlegte und begann erneut: "Oober, oober wann unsch des Gitti-Frauerle innem Rucksack mitnämme tät?"

Filou legte seinen Kopf an Heidjer Köpfchen und stammelte unter Tränen: "Der Jäger-Pappi geht jetzt in die ewigen Jagdgründe, ganz tief in den Himmelswald und hat nie, nie mehr Schmerzen!" "Ooch", fiel Heidjer nun etwas ein, "trifft er dort den Kauz?" Da musste selbst Filou schmunzeln, obwohl ihm gerade noch die Tränen auf die Pfoten getropft waren. Sorgsam leckte er die salzige Flüssigkeit ab, wischte sich mit den Pfoten über die Augen und lächelte: "Nein, wir Hunde treffen uns im Hundehimmel wieder!"

Heidjer bohrte aber weiter: "Sin do net schrecklisch viele Hund. Wie solle mer dann den Kauz finne? Filou dachte nach, wie er die angefangene Geschichte zu Ende bringen konnte, damit sie Heidjer ein bisschen tröstete. "Das ist doch ganz einfach", fuhr er dann fort, "alle Dackel kommen in den Dackelhimmel. Und der ist unterteilt nach Langhaardackel,

Kurzhaardackel, Minidackel und Rauhaardackel!" Heidjer lauschte den Worten nach und hatte noch immer eine Frage: "Kommen alle Dackel in den Himmel?" Nun reichte es Filou und er würgte die Geschichte ab: "Nein, es kommen nur die hinein, die einem nicht die Ohren abfragen!" Da schlich Heidjer traurig davon. Das tat Filou zwar auch wieder Leid. Aber auch er brauchte nun ein bisschen Stille, um seinen Jäger-Pappi zu betrauern.

Inhaltsverzeichnis